有一种青春叫生猛

李晟 著

广东旅游出版社
GUANGDONG TRAVEL & TOURISM PRESS
悦读书·悦旅行·悦享人生
中国·广州

图书在版编目（CIP）数据

有一种青春叫生猛 / 李晟著 . —广州：广东旅游出版社，2015.9
ISBN 978-7-5570-0132-2

Ⅰ. ①有… Ⅱ. ①李… Ⅲ. ①长篇小说－中国－当代 Ⅳ. ① I247.5

中国版本图书馆 CIP 数据核字 (2015) 第 137439 号

有一种青春叫生猛
Youyizhong Qingchun jiao Shengmeng

广东旅游出版社出版发行
（广州市天河区五山路 483 号华南农业大学公共管理学院 14 号楼三楼 邮编：510642）
印刷：北京嘉业印刷厂
（地址：北京市大兴区黄村镇李村）
广东旅游出版社图书网
www.tourpress.cn
邮购地址：广州市天河区五山路 483 号华南农业大学（公共管理学院）14 号楼三楼
联系电话：020-87347994 邮编：510642
787 毫米 ×1092 毫米 16 开 12.75 印张 198 千字
2015 年 9 月第 1 版第 1 次印刷
定价：32.00 元

目录
contents

第一章
每个人都有使用期限

1.

凌晨两点，身边一个人都没有，我渴醒了，沮丧至极。

2.

透过客厅的窗户，瞥见北方夜空上，忽闪忽闪着无数繁星。

北斗七星，我的老朋友，跟我在南方第一次见到它时一模一样，宛如爷爷的水烟壶。这个发现让我明白一种与生俱来的误会——就在成年后的某天，眼睛就定格了，时间继续走，眼睛看见的却是旧画面，即使在死亡前的一瞬间，还会以为自己是当年眼睛定格时的那个人，还是不能真正认识到自己的年龄。明明一切都是眼睁睁地到来的，却总觉得没有过程。

这是自己与自己的友好误会，像卷起来的书角，不管怎么抚平，只要一松手，它又会恢复原状。

此类误会，还有很多很多，比天上的星星还要多。

3.

时间是滑过头顶的云朵，我只是它下面的一个过客。

我与时间非常有关系，时间与我绝对没关系，它是神的筹码。

4.

王家卫在《重庆森林》里说过，任何东西都是有保质期的。

我比他实在多了，我认为万事万物与其说有保质期，不如说有个使用期限。

第一次意识到使用期限时，我 7 岁，我的精神家园在国营五一商场二楼，那里有个楚楚动人的姐姐，她身后的鞋柜上摆着一双我梦寐以求的白色运动鞋。

终于，这一年年底，妈妈给我买回了那双运动鞋。最初的物欲被满足的幸福时刻，我舍不得穿它，我把它捧在怀里，亲了又亲，闻了又闻，摸了又摸，随后把它摆在电视机上，远远地拿望远镜盯着它发感叹。我觉得这双鞋至少可以穿一百年，我怎么也看不到这么美好的东西有一天也会变脏、变烂，直至变成垃圾桶里的垃圾。

20 年后，我仍然像热爱那双鞋一样热爱着我生活中的许多物品，只是，就像再也找不到最初的那双鞋一样，再也找不到最初的粉色幻想了，再也找不到了。

不仅物品，连同人，也都有使用期限。

不要说我冷血，就连我自己，也有使用期限。

5.

此刻，在我的使用期限里，我习惯性地失眠了。

我被迫要使用睡觉以外的其他方式来打发时间，打发这漫漫长夜。

6.

现在的习惯是会翻翻那本翻了八十次的，可以一字不漏背出来的《黄金时代》：

“我醒来时觉得阳光耀眼，天蓝得吓人，身上落了一层细细的尘土，好像一层爽身粉。我一生经历的无数次勃起，都不及那一次雄浑有力，大概是因为在极荒僻的地方，四野无人。

“那一天我二十一岁，在我一生的黄金时代。我有好多奢望。我想爱，想吃，还想在一瞬间变成天上半明半暗的云。后来我才知道，生活就是个缓慢受锤的过程，人一天天老下去，奢望也一天天消失，最后变得像挨了锤的牛一样。可是我过二十一岁生日时没有预见到这一点。我觉得自己会永远生猛下去，什么也锤不了我。

“陈清扬说，在此之前二十多年前一个冬日，她走到院子里去。那时节她穿着棉衣，艰难地爬过院门的门槛。忽然一粒砂粒钻进了她的眼睛。这是那么的疼，冷风又是那样的割脸，眼泪不停地流。她觉得难以忍受，立刻大哭起来，企图在一张小床上哭醒，这是与生俱来的积习，根深蒂固。放声大哭从一个梦境进入另一个梦境，这是每个人都有的奢望。”

王小波私藏着一颗不仅有见地而且有性格的心脏，所以他猝死于心脏病。

我有很多严肃问题想和王小波探讨。

可惜，他早在我知道他之前就离世了，那是公元 1997 年的事。现如今，只剩下众多活着的人，为他的离世而难受。

7.

以前的习惯是，会把自己想象成一个小说家，然后开始讲故事。

这是我以前最喜欢干的勾当。

之所说“以前”，是因为林林走后，我就洗脚上岸了。

8.

有人期盼未来，有人珍惜现在，而我，像照相馆里的过塑机一样，只对过去感兴趣。

过去也是一个世界，掀开那床晾在两棵枫树中间的床单就可以看见它，它是红上衣蓝裤子白网鞋，它是蹦蹦跳跳的马尾辫，它是洗衣粉的香味，它是嗡嗡转动的排气扇，它是缓缓升起的炊烟，它是飘到窗外的窗帘。

过去总是要比现在热闹。

我有过不少女朋友，她们一个个走到我身边，听我讲故事。当我对眼前人已经无故事可讲时，她们又一个个随故事走了，我把她的影子留在我的故事里，继续讲给下一个她听，她总是那么像她。

我以为我这像故事一样的生活会永远轮回下去，我以为我会永不犯规。

如果犯规了，我们就会一起成为过去，要说这样也没什么不好。

第二章
在长沙掏鱿鱼丝的黄金时代

9.

我姓苏名厉，苏厉。

10.

我是一只弹力球，一路跌撞地前进。

这个浑浊的结论源自更加浑浊的记忆，高考就是其中之一。

高考前，我摇着反抗应试教育的旗帜，疲沓不堪地在中学里呆着。对此，爸爸很是失望。

当对我的失望转化为对他自己的怜惜后，这个人就变得像个期货商了，开始提前为我的高考可能带给他的难堪寻找化解方法——他四处向人宣称，只要我考上地区农校，他就要到苏家祖坟上去烧香，以此感谢列祖列宗的佑护。

爸爸对我的期望，就这么一点，再没有多的了，他从未把我当成英雄来期待，就如同，他的爸爸从未把他当成英雄来期待，就如同，他的爸爸的爸爸从未把他的爸爸当成英雄来期待。

虽然爸爸对我的期望值实质上与我无关，但我也因此而暗暗伤心过。

农校之前是一所破中专，随着学费的膨胀，破中专自然膨胀成了破大专。很不幸，父亲就是这儿出来的，他当年立志进清华考北大，成绩出来后，留给眼巴巴的爷爷一句解释“老子发挥失常”，就挟着被褥奔农校而去，学了个高科技专业——拖拉机维修。我高考时吸取父亲的教训，憋足力气，高高跃起，一个猛子向农校扎去，不料也宿命般地发挥失常，居然扎过重点线50来分。

此种情况下，再去农校未免太过于惊世骇俗，只好屈就于成都一所211。

11.

百无聊赖的我时常溜达到旁边的工业大学找贵贵玩。

贵贵是我的同乡，大名“史义彪”，这是一个杀气腾腾的名字——所有人在喊他前，都心痒痒想先踩他一脚，因为在老家，他的名字谐音“屎一飚”。

贵贵出了高考考场：“至少可以考六百二十分！”贵贵和别人对了对答案：“这就不得了了，我只能拿个五百来分了，怎么办？”贵贵拿到正确答案：“完了，估计我也就考个四百分了。”最后成绩出来了：三百二十八分。

史家有些实力，照样把贵贵买到工大来读法学。

12.

这一天的事情很是简洁。

在去工大的路上，我无意中瞥见贵贵的女朋友和一个留胡须的男孩在路边一个名为“斯卡布罗集市”的咖啡厅里“礼尚往来”——你摸我一下我摸你一下。我蹲在马路对面，打了个电话给贵贵，告之地点与人物，要他速速前来法办。贵贵这人头脑简单就容易冲动，赶到后，三两句话不对头就和胡须男干了起来。除开脾气大外，贵贵其他什么都小，很明显不是胡须男的对手，他像只小爬虫，“嗷嗷”地叫唤着，一次次被胡须男撂进墙角，甩入花坛，抛上云霄。

我抽完手中的烟，从马路对面飞过来，一脚踹中胡须男。胡须男横着摔在地上，摔得尘埃飞溅，鼻涕都从鼻孔里甩了出来，如项链一样搭在腮帮子上。胡须男好不容易站起来，举起右拳，朝我砸下来，我伸开左手五指，旋住他的右拳，他不罢休，又使出左手向我打来，我伸开右手五指，再旋住他的左拳。左右一起用力，把他的关节拧得嘎嘎巴巴响。胡须男挣扎一阵后，脑袋朝我一磕，喷了两孔鼻涕在我身上，他说：“嘿嘿。”

我勃然大怒，提着他的脑袋就往咖啡厅外的空调压缩机上撞。

气喘吁吁地松开手时，压缩机瘪了一圈，上面洒满红玫瑰。

贵贵一脸惊慌地看着我；我一脸困惑地看着玫瑰人；玫瑰人一脸安详谁都不看。

“走吧，”我拍了贵贵一下，贵贵“哇啦哇啦”地就跑掉了。

13.

学工办找我谈话了，说我趁着西风在校外斗殴，欲使生灵涂炭、江湖破裂、万物变性、红旗褪色云云，行为之恶劣程度，乃我校万余年来之状元。

一堆的人围着我，像贼一样往我身上蹭啊蹭，想从我这捞到他们以及他们的话语存在的意义。

我像看幻灯片一样看着很多争先恐后冲我咧出来的舌头。无论如何，气质都是件很重要的事情，可这些舌头的气质偏偏都很差。有些舌苔是屎黄色的，有些舌苔是屎褐色的，有些舌苔是屎绿色的，有些舌苔是屎红色的，余下的，都是屎黑色的。

听得厌烦，我转身走出了学工办。

14.

有人拍醒我："你被开除了。"

我"哦"了一声，翻个身，继续睡在自己的梦里。

天快亮的时候，掀开被子，走出寝室，踱到楼道尽头，趴在窗台上，看着金光慢慢爬上我曾经出入过的各栋建筑，又从牛仔裤里摸出半包"熟了"的烟，一一抽完，然后打个电话回家。

父母应声而来，张罗着保我，不过，事情已经捅到校长那去了，任何举措都已无济于事。我于是真的被开除了，不是什么保留学籍，留校察看，而是直接卷铺盖走人。每个教学楼的门口都贴上了对我的处罚告示，一个个红色的公章在炫耀着它们的威力。

看着父母张皇失措地穿梭于办公室，蜡黄着脸，我再一次确认，我非但不是他们的英雄，而且始终是他们的耻辱。多年以后的今天，当我试图用一种轻松调侃的笔调来叙述被开除这件事时，我依然不能不理会心底如新的刺痛。

妈妈问我："怎么办?"我说："出去呆上一阵吧。"我知道妈妈的意思，如果我这样回家窝着，他们会淹死在别人的唾沫和幸灾乐祸的眼光里。妈妈松了口气，向爸爸点点头。爸爸问我："你要多少钱？"我问："那个人的医药费赔了没有？"爸爸点了点头，我也附和着点了点头，说："给我1000块吧。"爸爸说："1000块肯定不够。"我说："差不多了。"爸爸摆摆手，说："你不懂。"说罢，掏出5000块给我。我想了想，从里面数出1500块，其余的又都退回给爸爸了。

在饭店里吃完一锅鱼，我带着行李直接上了公交车。

"我们就不送你了？"

"不用了。"

我摸到最后一排坐下，车开出去老远，扭头还能瞅见在几个正研究公交站牌的白人游客身旁，我那短小的中国父母如企鹅一般原地踟蹰。他们看上去很激动，似乎在争吵些什么。从我酸涩的眼中看去，他们已是无声。

再见，妈妈。

15.

此时此刻，在这颗蔚蓝色的行星上，我有一个女朋友，"林林"是她身份证上的名字。

在不同的黎明与黄昏，每每想起这个事实，我都有种不劳而获的幸福感。

虽然今晚过后，我就可以见到她了，可还是熬得不能忍受，发了条猥琐无比的短信给她："像公猪想母猪那样想着你。"

记得当时从学工办出来，我就打了个电话给林林。我必须在父母到来之前确定下一步的去处，而她是我唯一可以商量的人。

林林似乎没把这当回事，一边嚼泡泡糖一边说："总不可能回家吧？"我说："那肯定啊。"林林问："准备去哪里？"我讨厌这个问题："不知道。"林林说："你不知道？"我随口敷衍："那就去广东打工吧。""啪"的一声后，林林口齿不清地说："这不就和民工没什么两样了？"我想了想，说："好像是没什么两样。"又是"啪"的一声后，我在电话里听见了上帝的召唤："哎呀，那你来长沙嘛！"没等我回话，上帝就自言自语到未来去了："嗯，要去买印着史努比的窗帘布来装饰我们的房子……啪……"

打完电话，直接收拾行李。我把旧书店的老板娘领到寝室："除了这个包，全部拿走。”老板娘两眼放光，说我的教科书都是老版的，不值钱了，只能当废纸卖了……我懒得跟她啰嗦：“除开这这这，其他的，都送给你了。”

她连连鞠躬：“我会记得你的，你是个好人。”

任她在里面狂欢，我走出寝室，很有一种被虐的快感。

10分钟后，我的记忆就找不到窝了，我拍着墙壁说：“苏厉，你没到过这里。”

16.

火车伴着黎明，轰隆隆地闯进长沙城。

手机上有三条新短信，都是林林发的。

林林说，我们是两条鱼，我们要相濡以沫。

林林还说，她爱我就如我爱她就如她爱她自己就如我爱我自己，她确认我就如我确认她就如她确认她自己就如我确认我自己。

林林还哼了几句歌，我是为你盛开的夕阳，越过遥远的千山万水，来到你寂寞的阳台，温暖你为我疼痛的心……

17.

还没走出验票通道，就瞥见了林林的脸。林林也看见我了，举着手，在外面“苏厉苏厉”地嚷嚷个不停。我佯装没听见，低头顺着人流挪动，这种感觉很美妙，就好像跋山涉水走到终点了却偏偏要在终点线前最后徘徊片刻，或者，一样宝贝被我寻找到了，我却假装没看见，继续在旁边寻找。

验过票后，四目相对，再也抑制不住了，腿软软地颠过去，抖掉行李，一把抱住她，久久不肯松手，久久不肯，久久不肯。

在拥抱中，我完成了一个重要的宗教仪式。

我活完了。

我的意思是，我已经拥有我所能够想象到的，我无须再活些什么出来了。

林林艰难地把嘴巴从我怀里挪出来，说：“好啦好啦，放开吧，好多人在看我们啦！”

我在她耳边拱了拱，感叹说："他妈的，生活原本可以这样好。"

林林问："可以怎样好？"

我说："可以天天抱着你睡了。"

林林笑靥如花，在我脸上亲了一口："跟我走吧，流氓，臭流氓！"

在疾驶的的士里，林林忽然闭上眼睛，又忽然睁开，捧着我的脸，左看右看，笑了："你真的就来了，太有意思了，昨晚才梦见你，现在睁开眼，你就坐在我身边了。你怎么就来了呢？你怎么可以就这么来了呢？"

我跟着林林到了科大，在招待所开了间房，作为临时的家。接下来，吃了份盒饭，洗了个热水澡，然后站在床上提起被子仰天一倒，睡足了32个小时。其间林林醒来一次，我抱着她的脑袋，迷糊着说："别动。"随后我也醒来一次，林林拿腿夹住我，同样迷糊着命令我："不准你动。"实在是睡撑了，才揉着涨痛的脑袋，顺着墙壁坐起来。感觉这一觉，直接睡回了旧石器时代。

林林先是问我："几点了？"过了约摸一刻钟，她清醒些了，竖起脑袋摇我的胳膊，可怜巴巴地问："哪一天了呀这是？"

她竖起脑袋的样子，很像一只鸵鸟。

我这才发现，她在我睡后，把我们这个双人间里的另一张床和我睡的床拼成了一张大床。

在这32小时里，我做了好几个梦，其中一个梦见了自己死后的情形：

灵魂趴在地上，有一股很踏实的力量在下面托着我。忽然开始漂浮，漂在了空中。既不饿也不渴，既不亢奋也不疲倦，既不望乡也不念旧，我认为我应该要难过要悲怆，事实上却处于难得的平静中。在赤道上空绕地球漂了三圈后，开始向宇宙深处漂去。眼瞅着地球头也不回地飞向远方，最后彻底消失。我再也看不见我以前看见过的人了，眼前——如果确实是我眼睛所看见的——只剩下发黑的深蓝。无法确认是否仍在漂来漂去，抑或早就处于永恒的静止中了。

18.

想象力还是被局限了。

原来死也是一种憧憬。

可以今夜，可以明年，甚至可以下个世纪，各种年龄，各种契机。

我很小就知道我“一定会死”，但从没发现我居然还“可以死”。

前者是等死而生，后者是向死而生。

前者是看到遥远的一个点，然后慢慢等，慢慢等，等到那个点；后者是一点点游过去，一直游到那个点。

死确实没什么好怕的，怕就怕在众人的注视中死去，死完后还要躺在注视中，被众人观赏被别人议论。我本质上还是个害羞的人。

怎么也想不出一种可以让我不害羞地死去的方式，所以万万不能死。

估计跟我持同样想法的人还很多，如果死亡只是干干净净地瞬间消失，估计这个地球会少很多人。

我使劲抱住林林。

我一遍一遍地喊着林林的名字，林林也一遍一遍地回答我，她从不问我为什么要这样重复着喊她，因为她喜欢我这样喊她。

“林林。”

“嗯。”

“林林。”

“嗯。”

“林林林林。”

“嗯嗯。”

“林林林林林林林林……”

“嗯嗯嗯嗯……”

19.

红茶馆。

我一根接一根地抽烟，林林靠在我身上看时尚杂志，时不时指着某款衣服，拱起身子问我：“这件适不适合我？”

门推开了，进来一对孔雀般的男女。女的用手扇来扇去：“谁呀这是？搞得这么大的烟味。”接下来是一阵夸张的咳嗽声。男的问：“要不换个地方?”女的皱着眉头说：“走吧走吧，讨厌死了。”

我看了看林林，她的视线始终没有离开杂志。

林林看都懒得看他们一眼。

20.

睡觉睡累了就睡林林或者被林林睡，睡林林睡累了或者被林林睡累了就睡觉。

林林从我身上爬下来，淑女般遮住嘴巴打了个哈欠：“生活！这他娘的就是生活!”

21.

林林提醒我：“该谈谈我们的未来了。”

一听这话，我这个刚才还激情洋溢，对她上下其手的无赖顿时哈欠连天。

“生命在于休息”，“三十六计，睡为上计”，我想。

赶在我彻底睡着前，林林用食指在我肚皮上划来划去，反复写下“苏厉苏厉……”我重新睁开眼：“那就来谈谈我们的未来吧。”林林问我：“你说‘未来’是个什么东西?”我反问她：“那你说‘过去’又是个什么东西?”

我伸个懒腰：“反正，我就觉得以后不会缺钱。”林林说：“是啊，我也这样觉得，所以才跟着你，否则，哼!”我瞪了她一眼：“我是说真的。”林林一脸严肃：“我又没说假的。”我说：“当然，所有男人都会在女人耳边吹嘘自己以后会如何如何，这样就使我陷入了说谎的嫌疑中。”林林乐了：“不关别人的事，我知道这个秘密就行了。”

林林跳下床，大声宣布：“我有重要文件要给你看。”然后蹲在那里掏啊掏，从书包里掏出一个本子。我探过头去：“什么东西?”她把本子递给我，说：“你自己看嘛，我可告诉你，这星期，所有课堂时间我都在忙这个，你可要珍惜。”我说：“你为什么不下课后再忙这些?”林林说：“现在就是下课，你要我现在忙这些么?”我白了她一眼。

本子上是林林这个积极分子为我设计好的，三七二十一种致命的暴富方案。

在我看来，这些方案个个自圆其说，何止精妙绝伦，简直妙不可言，充斥着智力优越感。眼看钱如潮水挡都挡不住，林林笑得见牙不见眼："我们的梦想是当暴发户！"我捂住她的嘴巴，提醒她："矜持点，女娃娃哪有这样大喊大叫的！"

见林林激动得挺像一回事的，我也忍不住激动起来；见我激动起来了，林林就开始亢奋了。

越说越癫狂，在忽然降临的一个时刻，林林正噼里啪啦说着她的想法，我猛地拍着床板，大吼一句："我也有新想法了。"林林停了下来，说："什么呀？"我却感觉瞬间空虚，口腔酸得厉害，怎么也说不出要说的话，只好推脱："忘了。"林林说："那我继续说。"过了一会，她在那边说："我也忘了。"

房间顿时安静得厉害，激情过后，回味起刚才那番要接管世界的乌托邦空想，两人都挺不好意思的，我脸皮厚还没啥，"嘿嘿"着继续烧烟，她脸皮薄，从我手里夺过本子，钻到被窝里就不肯露面了。

多少年后，我才明白，这样的年少轻狂，是青春独有的花，只开在生命的顶端。

22.

可以透露一个林林当时的发财计划：

拿 0.001 万请寝室长吃饭，然后借寝室费 0.01 万。

拿 0.01 万请班长吃饭，然后借班费 0.1 万。

拿 0.1 万请院长吃饭，然后借院费 1 万。

拿 1 万请校长吃饭，然后借校费 10 万。

拿 10 万送给农村信用社社长，然后贷款 100 万。

拿 100 万送给县工行行长，然后贷款 1000 万。

拿 1000 万送给市工行行长，然后贷款 10000 万。

拿 10000 万送给省工行行长，然后贷款 100000 万。

够了么？

够了。

然后？

移民美国。

这个计划之所以没被实施不是因为它不能实施而是因为已经有太多人实施过了。

林林说："我们慢了一步。只好在移民之前，先解决吃饭的问题。"

23.

林林说："如何打发今天？"

我说："党指挥枪，你是党哟我是枪，唧里格唧唧里格唧！"

林林说："那你跟我出去走走？"

我往后一躺："这么着急要我找工作干吗呀？"

林林在我脸上拍了一下："我们没多少钱了你知不知道？就算不找工作，你也得出门散散步了！再不出门，你就要成一团稀泥了！"

不由分说，就把我从招待所里拖出来，押着我在街上游街。

长沙是别人的故乡，虽然林林就在身边紧握着我的手，但还是不能为我除去那无处不在的陌生感。这种陌生感让我难受，像是光膀子套了件羊毛衫，撩人得很。我让林林松开手，躲进街角，掀开衣服，浑身挠了个遍，然后走出来，告诉她："现在舒服点了。"

寒风像失控的升降机，呼啸着从天而降，又呼啸着倒退回天上。空气与树叶纷纷冻落，地面异常僵硬，斑马线抱成团，路灯成了眯眯眼，垃圾桶哆嗦个不停，汽车开着开着就歪了，连建筑物都捂住阴部以防漏风，街上就看不见脖子——全龟缩到肚子里去了。我头发乱糟糟的，又渴又冷，慌乱之中还踩中了一摊狗尿，无奈之下抽根烟压惊，一口吞下去，满嘴满肺都涩了，咳个不停。

冬天比夏天重，秋天比春天沉。

林林把我的手拽得紧紧的，后来干脆把她自己挂在了我身上，她说："不好玩，一点都不好玩。"

两人逃难似的逃回了招待所。

我以为我们走在各自的世界里，原来我们还是走在同一个世界里。

24.

还是买了《潇湘晨报》。

我急切地在招聘版瞄来瞄去。我算很现实的那类人，没有到写字楼里去找工作，我知道自己没那个资历也没有那个文凭。所以我就去了街边的那些服务业里去找活干。我这样安慰自己：所有大企业家都是从基层做起的。

我这样教育林林：“人家李嘉诚不也是从海鲜店里端盘子开始的么!”林林说是呀是呀：“人家赖昌星还是工地上挑灰桶子起家的呢!”

就这种期望值，我却仍然失败得无地自容。没有一家单位在我前去应聘时，还留有一个空缺。他们总是极客气而惋惜地说：“哎呀，刚刚招满了。”

让我更惴惴不安的是，林林走火入魔了，她开始用“找工作”这仨字来解构世界了，譬如她从我手里接过报纸，翻到八卦版，对着王力宏的照片发出如下感叹：“唉，人长成这个样子，那也的确不用愁工作了！”我躲进卫生间，对着镜子搔首弄姿了半小时，底气十足地告诉自己，这是林林的“激将计”。

我居然沦落到和王力宏比长相的地步了，真是悲哀。

25.

搬家是这段日子里最欢快的内容。我们在学校旁边租了房子，一套独立的小公寓，林林从宿舍搬了出来。

我告诉林林，睡在我上铺的兄弟的伟大梦想是有个笔记本可以让他躲在被窝下面看毛片，我已经有了笔记本，所以我的伟大梦想是有间房子可以让我躲在窗帘背后做爱。

林林小嘴一扁：“你就这点出息?”我说：“压抑出来的。”

在房子里，林林背个手，迈着方步，巡视了很多次，如约瑟芬巡视拿破仑的疆土，一副自得其乐的表情。

开始挂林林念叨很久的窗帘了。

我说：“你站到沙发上。”林林就爬到沙发上面朝墙壁立正。

我把窗帘递给林林，说：“摁住两端。”林林踮着脚，撅起屁股，使劲撑开双手，把窗帘贴到窗户上。

我往后退了几步，指挥林林："左边低一点，再低一点，好了，哎呀，太低了，再往上一点，太多啦，又要低一点……"

林林见我不吭声了，就问："好了么?"

我说："好了。"

林林说："那你快来钉钉子呀，我手都酸了。"

我说："你别动，千万别动。"林林说："我没动，那你快来呀。"

我说"来了来了"，不过不是来钉窗帘，而是来摸林林的屁股。这个美臀这个姿势实在是太诱人了，我一边摸一边感叹。

林林批评我："苏厉同志，请注意生活作风。"

我把当前形势分析给她听："撑住啊，你的手要撑住啊，别动啊，千万别动啊，否则又要重来一次。"

窗帘挂好后，家的氛围马上就出来了。连床都懒得上了，直接拥着林林在客厅沙发上亲热，刚把她的裤子扒到一半，居委会的阿姨来敲门了："小同志，卫生费，每个月，25 块。"

把阿姨打发走，我又拥着林林，林林笑个不停，我问："佳人为何如此淫荡?"

林林说："为什么，我总觉得阿姨们还会来敲门?"

我嘿嘿一笑："那就全部拖进来!"

话音刚落，敲门声还真就响了，阿姨们跟听到我的承诺似的，果真又杀了回来，探头探脑："小同志，你们用了电视没?"

林林脸色潮红，裤子拉链都没拉上，居然还能掌托下巴，指如兰花，摆出一副天真模样："哦，这个呀，没有啊，怎么呢?"

她们说："如果用电视的话，还得再交闭路电视费，10 块钱一个月。"

26.

家里给的 1500 块加上林林入股的 1000 块，减去火车票 100 块，再减去租房子花掉的 900 块和半个月来我俩的生活费。亲热完了，林林蹲在沙发上，翻来覆去数了好几次，然后抱着腿对我说："没剩多少了。"

马克思赢了，这个世界确实是唯物的。

晚上，林林上晚自习去了，我在家无所事事，又陷入胡思乱想中。突然听见外面传来人声，分明是爸爸在召唤我，像闹钟一样到点召唤我。我从未如此渴望听到这个男人的声音，一把摔开门就蹦了出去。门口，一个陌生男人惊恐地望着我。我对他咧嘴一笑，然后慢慢关上门，退回来，躺下。

27.

林林说："只能指望你岳父啦！"

岳父大人真是个一点就通的人。

昨天下午两点，林林等到了岳父的电话，岳父喝高了，只听他在那边扯开嗓子吆喝："女儿，爸爸刚才给你汇钱过来啦，你赶紧去查收！好啦，就这样吧，爸爸刚才喝了点小酒，要去睡觉啦，拜拜！"

今天下午两点，刚刚陪林林取了这个月的生活费从银行出来，林林又接到了岳父的电话，岳父又喝高了，只听他在那边扯开嗓子吆喝："女儿，爸爸刚才给你汇钱过来啦，你赶紧去查收！好啦，就这样吧，爸爸刚才喝了点小酒，要去睡觉啦，拜拜！"

林林跳起来，挂在我身上，一阵欢呼。

没有爸爸，那还有岳父，人生充满希望，软饭挺好吃。

28.

林林又想出空手套白狼的一招，说是要搞个策划工作室。

我说："策划工作室是干吗的？"林林说："什么都干的。"我说："我不会。"林林说："我会。"我说："办公地点？"林林说："家。"我说："这事能成。"

两人在WORD上捣鼓了半天，总算捣鼓好了我们最初的梦想，名字也取得响亮，叫"小异"，口号更为响亮："拒绝大同，单求小异"，号称除了情书不敢策划外，其余所有活都可以。

打印了100份黑白广告，开始四处张贴。

贴广告是一件很邪门的事情，因为怎么也下不了手，仿佛贴出去的广告就是扔出去的孩子，瞻前顾后，左右犹豫，狠狠心，第一张传单就贴在雨花区区政府的宣传栏上，贴完后，我们拉起手蹦蹦跳跳地走了。

此事不了了之。

那100份广告还剩下93张，扔在茶几下，每次从外面买了盒饭回来，就抽出两张垫上。

29.

林林一发飙："苏厉，走，到街上卖炒板栗去！"

冷静下来后，我们一致认为这个想法太过于疯狂，会把我们活活折腾死，而我们宁愿饿死也不愿意折腾死，所以就什么都不想了，转而做我们爱做的爱。

林林有不穿秋裤的习惯，所以双腿格外冰冷，所以格外有吸引力。

我舍命陪君子，也不穿秋裤。

在被窝里，我最喜欢拿腿去夹她，四条冰冷的腿在被窝里游来游去，像是四条泥鳅，直蹭到四条泥鳅都出汗了为止。

30.

两个捡破烂的打了起来。

小区的保安不准她背着她那个硕大的编织袋进小区，所以她只好把编织袋放在小区门口，然后带着夹钳进小区翻垃圾桶。她在小区里面忙碌的时候，另一个捡破烂的他凑巧走到小区门口，瞅见这么大一袋宝贝就不可思议地堆在眼前，赶紧掏出自己的夹钳把她编织袋里的宝贝转移到自己的编织袋里。保安们抽着烟，三三两两地看着，也没人去制止，像看戏一样看着。

他肆意享受这罕见的幸福，他太贪心了，贪心到物我两忘，贪心到夹钳都握不稳，贪心到似乎活了好几十年还没这么贪心过，贪心到她回来了都不知道。

她大步跑过来，质问他在干什么，他表情羞涩如初恋少女，提起编织袋就想跑。

辩论解决不了问题那就用武力吧，虽然标的物只是一堆垃圾。

她和他挥舞着夹钳打了起来，你来我往，有招有式，惊险场面不断涌现，保安们发出一阵阵倒吸冷气的声音“嗞嗞嗞”。他已经很老了，她还年轻，因此技高一筹，三百六十度转体后使出制胜的回马枪，把腊肉干瘪的他击倒在地。她把他袋子里的垃圾都倒到自己的袋子里，后来一想太过分，又扔下几个矿泉水瓶子，吐了口唾沫，走了。

保安们哈哈大笑：“‘乡里鳖’就是有意思。”

老人在众人的注视下，费力地爬起来，把矿泉水瓶子装回编织袋，又捡起夹钳，垂着血呲呼喇的，绽成两瓣的上嘴唇，也慢慢走了。

几天后，我照例对着《潇湘晨报》发呆时，看见一则新闻，说南郊一名老头心脏病突发，死在了家门口。据废品站工作人员和邻居们介绍，老头以捡破烂为生，当天可能实在难受了，实在不能像往常一样靠忍就忍得过去了，于是把不多的破烂放到废品站就匆忙往家赶，不料最终还是没能撑到打开家门的那一刻。他一个趔趄，就永远而迅速地走了，比他活着时的任何一次，都走得要快。

再见，老人。

31.

更多的日子里，我会搬一把椅子到阳台，坐好，把脚挂在栏杆上。林林就依葫芦画瓢，也搬一把椅子，也坐好，也把脚往栏杆上一挂——可她总忘记她的腿终究没我的腿长。于是，笑笑，再把椅子往前挪，再坐好，再把腿挂上去，再笑笑。

有时哼歌，有时吹口哨，有时候聊天，更多时候守望。

我们望见了粮食储备仓那平原一样大的，被柏油线分割成一片片的灰白屋顶上有鸟儿走来走去；我们望见了半空中的电线，望得久了，自己就站到那根电线上去了；我们望见了年轻人踩着单车来到小区围墙后面坐下，每逢这时，林林就匆忙跑进客厅拿出报纸卷成桶状，无比花痴地冲他们呐喊：“那两个谈恋爱的小同志，你们好吗?”

32.

每天都有新的发现，今天，最大的发现来自阳台左手边的大樟树，林林说它的顶端发新芽了。

33.

林林说："不能再躲来躲去了，我实话实说吧，你就是在逃避。你不敢面对真正的生活。"

34.

没找到工作时，总觉得这个世界包裹着一层透明的油纸，我虽然可以看得很真切，但就是钻不进去。看着别人在这层油纸里忙碌着，我真羡慕，看着他们累得吐白沫，我还是羡慕。我也想这样，可是没有人没有地方让我这样累。我真想有人规定我几点干吗几点去哪里。社会这么大，偏偏没有我的位置。据说一个针尖上都能立好几个天使，为什么这么大一个城市就不能容纳我？一个人想奉献自己都奉献不了的时候，想被人剥削都没人要剥削你的时候，就真正到了无语的地步了。这就是为什么大龄未婚青年看着人家小两口撕破脸皮挥舞着高压锅盖打架都会羡慕的原因了。

风景和生活是不同的。风景能远观，生活却必须亲身亵玩焉。只有走进这段生活，才能恍然大悟，原来金刚不坏之身是这样炼成的。

35.

我决心找个工作让林林开开眼。

我尝试着分析别人的经历来获取灵感。嘉诚哥和昌星哥我毕竟都不熟，我于是想起了爸爸，偷偷把他分析了一遍，可无论如何都借鉴不了，他的经历仿佛不属于21世纪，而是近乎秦朝：农校毕业，组织要他回原籍，于是他就回了原籍。在乡政府里先抓计划生育，后管乡镇企业，这样度过人生四分之一的寿命后，组织决定给他压压担子，要他当乡党委书记，于是他就成了乡党委书记，忝列正科队伍。

记得苏书记从县委组织部回来的那个晚上，酒气蒸腾，在爷爷和我面前大放厥词："放在古代，老子，嘿嘿，嘿嘿，也算是一方小诸侯了。"然后跟和尚练铁头功似的，头顶墙壁，双手撑腰，吐得满墙都是，眼泪都吐出来了。爷爷伸手去扶他，这个四十岁的男人甩开爷爷的手，大吼得像个滑稽而可怜的不倒翁："让老子痛快点不行么?! 不行么?!"

我拨开脑袋里的苏诸侯，继续和林林往前走，走啊走，又走累了，就坐在五一广场的草地上休息。

坚持继续找工作。

两个星期后，我奇怪了："为什么我每次应聘的时候，都那么不凑巧，刚刚招满了?"我和林林大眼瞪小眼，然后同时拍着大腿说找到了答案。

我还残存着学生时代的形象：胡子平仄，长发滚滚。

明白这一点后，我立即去了理发店，闭着眼睛剪了个平头，尚不成熟的胡子也被刮得没了影。付钱出门时，都没敢看那一地毛发，它们也是不远千里跟我一起来到长沙的。

除去了多余的毛发，收到了立竿见影的效果。

黄昏，我喜气洋洋地背个手回家了。一进门，就趾高气扬地告诉林林："有工作啦!"林林比我还高兴，双眼睁得圆圆的："真的吗?! 真的吗?!"

36.

早上九点半，我按时到昨天敲定的那家商务会所上班。

昨天面试后，经理问我理想的工资收入是多少。我瞥见招工表上有人填了600，所以就伸出五个手指说："500。"事实证明，贱卖劳动力是个英明的决定。经理面露微笑，说："明天来上班吧。"

走在路上，心里似乎有只土拨鼠在挖洞，既紧张又兴奋。谢天谢地，终于有菩萨肯要我了。上班的地方虽美其名曰"商务会所"，其实这就如同网吧改名为"网络学习中心"一样是骗鬼的，这儿不过就是一个供有点钱但又不特别有钱的人打麻将的地方。

经理安排一个姓梁的老员工带我。他先带着我把会所逛一圈，让我先了解一下布局，然后带我进包厢里，教我一门"必须熟练掌握"的技术——如何操作麻将机和排除故障。这可是必须掌握的一个环节。梁兄很满意我的悟性，因为我不仅迅速掌握了使用方法和排除简单故障的本事，而且居然还能把麻将机各个部位的工作原理一五一十地讲述给他听。于是梁兄告诉经理："这个人很机灵，好像还读过两句书。”经理踮着脚，捏住我的肩膀，把我打量了一番又一番，不要我当服务员了，给了我一个高级工种——起码比操作麻将机拖地端盘子的工作要高级。

那就是坐台。

我坐在总台里，主要工作内容是发包。譬如说三号包厢里的客人要一盘鱿鱼丝，服务员就要到我这里来取鱿鱼丝。我就支起上身，在服务员脖后挂着的红本本上写“鱿鱼丝一盘”，然后从装满鱿鱼丝的大罐子里掏出一把，小心翼翼地堆在一个小盘子里，交给服务员，然后由他们将鱿鱼丝送到三号包厢里面去。

第一次掏鱿鱼丝时掏得太多，被经理批评警告。

我就这么光荣地成为了一个坐台哥哥，掌管着大大小小的发包。顺带接待在外面等候的客人。有人坐在外面的沙发上抽烟，我就赶紧递一个烟灰缸过去。然后他又撇撇嘴说“水”，我就赶紧端杯水过去。虽然经理没告诉我要做这些，但我想，如果轮到他告诉我该做什么时，估计我离被拖出去点天灯就不远了。

看得出，我很幸运，也看得出，经理心理失衡，觉得让我占了大便宜，因为我一来就舒舒服服地坐在这。一个班12小时，从上午9点半上到晚上9点半，服务员除开忙碌着服务别人，其他时间都只能靠墙站好，等待着别人的使唤。你如果敢坐下来休息，经理就会立即走过来踹你屁股，要你立即滚蛋。

我实在想不通，如果我的这些同事果然是人类的话，那他们又是如何熬过来的。

也许习惯了就好了。

其中一个女服务员很让人怜惜。因为腿短，所以个子矮，就发育程度来看，不超过18岁，屁股都还没有成形。她甩开两条短腿跑来跑去，经常毫无征兆地在平地上摔倒，“唉哟”一声后又爬起来继续跑，跑到我这里时还能保持笑脸等我分清楚鱿鱼丝和地瓜丝。

会所里常放一首歌，是陈百强的《一生何求》。每当歌声响起，那种紫色水晶的氛围一下就包围了我。是的，我们这些服务员都还是在自己的黄金时代里，都在为了吃一口饭而在这家会所里奔来奔去。试问自己一生何求？以后求什么我不知道，反正，我现在求的是一份每月500块钱的工作。王小波的黄金时代在云南挖坑，我的黄金时代在长沙掏鱿鱼丝。有点委屈也有点自怜。我坐在总台后面，看着忙碌的同事，就如同在看一部电影。

坐在旁边的收银员是个调子很高的长沙土著，中午的时候，没什么生意，我和她聊了一会。她说来说去就是反复用普通话和长沙话表达她的失落："不想做了，每月800块还不够老娘我买衣服。"和她聊得索然无味，干脆一个人发呆。透过会所的大玻璃窗，可以看见马路对面几幢巴洛克风格的高档公寓。

我在思考一道旷世难题：每个月500块，得多少万年才能到那里面买一套房子?

晚上8点钟的时候，老板娘来了，坐在我旁边。经理问她："要不要吃点什么?"她说："就来点红椒炒肉吧。"管饭的大妈立即给她做红椒炒肉去了。一会儿工夫端了上来。她光挑辣椒吃了，因为红辣椒并不辣，还有种淡淡的甜味。她吃她的饭本没错，可是她偏偏在我旁边吃。我肚子里虽然说刚吃了不少东西，但质量不如她的好。所以，大红椒的味道飘过来时，我又饿了。她还不满意，还要对管饭的大妈抱怨说："肉太多啦，好恶心啊，这么多大肉块。"我当时很卑鄙很无耻地想："要不，您把肉留给我吃得了。"

本应在晚上9点半下班，可是，晚上生意火暴，发包的人又只有我一个。所以，经理就给我做思想工作了："你别走，你再坚持到凌晨一点。明天你下午一点再来上班就行了。"我想了想，只能表现下去。

我问经理要了一根烟。忙碌了一天没抽烟，猛地吸了一口，差点就死在沙发上。好比一个已经饿了一天的人突然吞下一块巨大的肥肉，不腻死才怪。那一瞬间，我发誓我真的摸到了梦露的大腿。好不容易才把思维从天花板拽回脑袋里，赶紧坐到总台后正襟危坐，继续对着客人微笑。终于到了凌晨一点，我也终于可以走人了。经理很满意我的工作态度，拍拍我的肩膀说："明天，你可以下午一点再来。"我说："明天见!"

算了算，工作了15个半小时。

我沿着高架桥往家走，桥上空荡黑暗，天国的光辉照射不到这里。

37.

林林一直在等着我。

扭开家门，她就问我："怎么样？累不累?"我脱掉上衣，摔在沙发上，气呼呼地说："明天不去了。"正要把肚子里的苦水都倒出来，却听见林林出乎意料地批评我："你也太没毅力了吧?"我说："你怎么能这样说我?！这和毅力无关，别搞混淆了，我的意思是，上这种班是作践自己，我才不要这样——你都不知道那个会所和会所里的事情是多么的二!"林林急了，说："不这样又能怎样?"

我想了半天，着实回答不了这个问题，但还是不肯改口。林林扁了扁嘴："随你。"我说："不随我难道还随你?"林林说："算我自作多情，忙活这么久，没想到你就是过来玩玩的。"我说："有说过我要在这个破地方扎根下来吗?"

林林冲上前来，小胸脯剧烈起伏："你逍遥够了就回家，对吧?"我对着她的胸脯说："小生正有此意。"

林林用普通话一字一字说："你无耻，你不是男人!"

我抬起头，也用普通话一字一字回复她："你才发现呀?"

林林推了我一把，说："你怎么能这样对我?!"

"啪"的一声，关灯睡觉。这是我们的第一次争吵。

黑暗里，我认为自己成了一个彻底的，多余的，无药可救的，扔都无处可扔的，自己都嫌弃自己的病人。引用林林的睡前总结："这一次，我算看穿了你的邪恶本质。"

38.

一会儿，林林从床上跳了起来，窸窸窣窣地开始穿衣服。

我叹了口气，把脑袋埋进枕头底下，问："你又想干吗?"林林说："不用你管。"我说："那你现在穿衣服干吗呀?"林林说："我回寝室去。"我抬起头，不耐烦了："都几点了！你疯了是吧?"林林带着哭腔说："我是疯了，我想寝室了，我要回去，你来之后我就没回去在我自己的床上睡过。”说罢，边收拾书包就边往门口走。

见她来真的，我赶紧跳起来求饶：“不闹了不闹了，睡吧。”僵持一阵后，林林点头说：“好吧。”我亲她一口，松开手，再一回头，门就自己敞开了。

我哆嗦着摸出人字拖，套在脚上，撒腿就追。

练过田径的林林绰号“鹭鸶林”，腿又长又直，从“噔噔噔”的脚步声可以推测她迈腿的频率是多么的不贤淑。我在后面“啪啪啪”追了一里多地，到了科大学生公寓门口的路灯下才结结实实把她逮住。

还没顾得上和林林说话，公寓的值班老师就冲过来，对林林说：“你是哪个系的？”又对我说：“你是社会青年，还是学生？”我没理这位大叔，对林林说：“走，跟我回去。”林林冲我做了个挑衅的表情，转过头，瞬间变得可怜巴巴，对大叔说：“老师，他是社会青年，缠我一晚上了。”

大叔很是来劲，一把拽着我：“松开她，跟我去值班室。”我质问林林说：“你疯了？”林林脸色惨白，小声对我说：“晚安！”话音未落，她就没了。

我揉揉眼睛，林林确实消失了，我只好向大叔解释：“老师，我真是她男朋友，刚才真是闹着玩的！这么晚了还打扰您，真不好意思。”大叔做出个厌恶的表情：“到值班室再解释！”一边死死拖住我一边朝值班室嚷嚷。

懒得跟大叔玩过家家了，我定住脚，揪住他的衣领，把他举到眼前，我满脸横肉凑过去，跟他鼻子贴鼻子。他脖子往后一挪，挪出个双下巴：“想干什么？”我盯着他，盯到他瞳孔放大，然后陡然爆发，朝他“啊啊啊”一阵怪叫。大叔吓得魂不守舍，五官全躲到天灵盖上去了。我扔下僵硬的大叔，拍拍手，走了。

回到家中，透过客厅的窗户往外看，最远最远的天边，泛出了鱼肚白。

39.

第二天我就没去了，睡到下午3点起床。我一个人安静地躺着，尽量不去想窗户外面的世界。不想到外面的世界，就不会痛苦，就不会悄悄地流出眼泪。

阳光照了进来，落在床铺边沿。我把手抬起，放在阳光里。局部的温暖，如短暂的逃避，让我喘过气来了。

40.

门外响个不停，听上去，是一个男人在殷勤地帮一个女人敲东西。

我在迷糊中听到这声音，就像是一条水底的鱼在听岸上的脚步声，音量大得吓人，还带环绕效果。

“嗵”的一声，女人说：“够了够了。”过一会，还是“嗵”的一声，女人说：“够了够了。”我虽然看不见现场，但也知道确实敲够了，以为不会再敲了，不料，再过一会，居然又固执地传来“嗵”的一声，但这一次，紧随其后多出来一阵金属破碎的稀里哗啦声，女人说：“啊呀！”

我唠叨了一句：“真他妈傻！”林林应声而笑。

我讨好地问：“什么时候回来的？”

林林没回答我，自顾自地对着天花板说：“现在我心理平衡多了。”

我给林林新取了一个绰号“尤娃娃”，乃“尤物娃娃”的缩写。

我自问：“汝等尤物，何辈能配？”

我自答：“四川褐石苏厉爷。”

41.

蒙古狼在呼伦贝尔顶风长嚎，让哈巴狗在我家楼道当暴君。

42.

当我是个儿童的时候，我对这个世界还是有过幻想的。

大了，我仍不肯放弃这种幻想；再大了，我愈发笃信，童年幻想中的世界就是应然状态下的世界。

世界本该就如人们童年时期所幻想的那样，如果不是那样，那只是长大了的人糟蹋了土地糟蹋了自己和自己的后代而已。不止一次，我看见懒惰怯懦的长大了的人找出理由来搪塞那些没长大的人，把我们不能帮你们争取到的说成是你们不应该得到的，然后继续安然搓麻将，剩下一群稚嫩的眼睛在发愣，哗哗麻将声中，王子和公主渐行渐远渐无声。

精灵一般的人，为何要去羡慕一只蝴蝶，一只飞鸟，一条鱼，一只猿猴，一片云，一条彩虹，一颗流星，甚至，一块石头。

每每想起这些，我就有种吃了暗亏不知找谁算账的愤怒。

43.

这天，林林窝在床上看杂志，止不住点头，像个饱尝生活艰难的中年妇女那样感叹："太准了……这都是命啊……"

杂志上面有篇名为《珍爱生命，远离天蝎》的上纲上线的文章。

林林说："我忍不住想给写这篇文章的人写封信，告诉她我找到天蝎座的代言人了，让她也来见识见识开开眼。"

文中总结出的天蝎性格是这样的："强势，控制欲占有欲强，权力至上，魅力滚滚。神秘，心计多，城府深，闷骚，没有善心，记仇，时刻准备报复他人，极度敏感极度自私却装得一副可爱的大方相。情绪波动快，疑心重，自恋，完美主义，撒起谎来还偏偏不容易被发现。专一和滥情的完美结合体，在没有完全投入对一个人的爱之前，专长玩暧昧，脚踏多只船踏得很上手，故尤其难以降服，万幸的是，一旦动了真心便会从一而终。

"天蝎座是所有星座里最坏的星座，天蝎男都应该去当和尚，天蝎女都应该去当尼姑，免得作孽凡间。"

林林念叨起了我的那一堆辉煌典故，说："苏同志，从历史的角度来看，你很不专一啊！"我说："不专一咋啦？"林林吓了一跳："没见过你这种花心还花得理直气壮的。"我说："要是不花心哪能有你？"林林愣住了，眨了半天眼："也是哦。"林林装淑女："如今你总算对我动真心了吧？"我一把夺过杂志，说："不废话么？第一眼就被你终结掉了。"

她又把杂志抢了过去："以毒攻毒才是对付天蝎的方法，你以后可要忍着点啊。"

她怀抱杂志："我太为自己感动了，居然收留你这号极品天蝎男，不过，说真的，我还真想要一个你这样的儿子。"我小心翼翼："我是不是把你的母性激出来了？"林林面露窃笑，问："苏诸侯是什么星座啊？"我有些不好意思了："也是天蝎。"林林张嘴大笑，笑出两排雪白的小牙齿。林林又问："爷爷是什么星座啊？”我说：“记不清啦。”林林撒娇了：“你认真回忆一下嘛？”我心软得很，试探着说：“好像也是天蝎。”这下，林林彻底笑翻了，在床上滚啊滚，滚回我身边时，用她的爪子有节奏地拍着我的脸，说：“你看这最后一节写的，唉，天蝎啊天蝎，坏坏的天蝎啊，大大的坏啊，好啦，我决定生一个天蝎小苏厉了，专门去荼毒别人家的女儿，天蝎小苏厉荼毒完后小小苏厉又钻出来了，再继续进行荼毒，邪恶恒久远，天蝎永遗传。”

我又把杂志夺了过来，文中最后一节说：“天蝎座是掌管性器官的星座，所以提醒其他星座的人，天蝎在，烈火就在，无论干柴抑或鲜花牛粪，一烧就着，但是如果处理得不恰当，后果严重过核子弹，建议和天蝎座的人交往不要太激情，要用比较自然的方式来往。”

这他妈说得还挺准的，连最末梢的末梢神经都被切到了。

我脸上火辣辣的：“这些东西你也信啊？幼稚啊幼稚，荒谬啊荒谬。天天琢磨这些，你还是不是唯物主义者？你还想不想当居里夫人？”

林林说：“哼，别忘了本姑娘也是天蝎座的。”我说：“那是那是，我看你性欲也挺强的。”

林林太虚伪：“不许你说我性欲强。”

44.

我的笔记本里装了不少有意思的小游戏。

作为一家之主，我理所当然地主宰游戏，林林不甘心当军师，非要跟我抢鼠标。抢着抢着，抢不过我了，她就在卧室和客厅里来回走动，边走边哼歌，以示她不玩游戏也可以很开心。我不理她，于是她不得不理我。她趴在我腿上，我说：“怎么，还想跟我抢着玩游戏？”她十分委屈：“我不想玩游戏。”我立时心软，双手搭在她肩上：“那你想玩什么？”

她眼珠一转，飞快地抓住鼠标：“鼠标，鼠标，我想玩鼠标。”

我勃然大怒，把她提到床上，然后从电脑包里掏出一个备用鼠标，笑眯眯地放在床上：“不是想玩鼠标么？乖，鼠标在这里，你慢慢玩，玩得开心点。”

林林提起鼠标，看了几秒钟，又扔掉，像小猫那样撒娇：“这只不亮，我要那只亮的。”

说着说着，她就打了我一拳，我还她一掌，她又打了我一拳，然后她飞快地举白旗："好了，不打了，扯平了。"我继续给她一掌，说："这才扯平了。"话音未落，又一拳过来了，她说："你就不会让着我啊？"我再给她一掌："我为什么要让你啊？"她再一拳过来："因为我喜欢你让着我。"我使出必杀技，坐过去，掰住林林的牙齿，不让她的嘴巴合上。

看着自己的口水流出来是一件剁碎人心的事情。

林林着急了，不知哪来的力气，像推土机一样把我推下床铺，然后伸出脑袋，眼巴巴地问："你没事吧？"我把她也拽了下来，问她："你觉得呢？"

45.

"苏厉，你要不得！"

每使一次坏，林林就这样说我一次。

我特别喜欢她这样说我，这就是我成为坏分子的原因。

46.

长沙的公交车果然有特色。

林林坐在我身上，旁边的几个老同志纷纷摇头："如今的小同志，唉，唉，唉，想当年……"

林林在我怀里悄悄来了句："我日。"

我笑得肱二头肌都酸了。

突然有人一声大叫："蹲下！"齐刷刷，像塌方一样，站着的人瞬间蹲了下去。我们旁边蹲着的是一个穿着职业套装的女孩，我居高临下地扫了她一眼，觉得她蹲得十分不端庄，像在大便。

突然有人一声大叫："好了！"齐刷刷，像弹簧一样，蹲着的人瞬间站了起来。

林林解释说："有交警在抓超载。"

快到树木岭时，车厢里骚动一片，我说："到终点了？"林林警惕地打量四周："不是。"中巴车刚停下，林林就拉着我飞奔下车，我说："干吗？"林林说："跑！"我回头看看，后面的人像索命一样，在大呼小叫地追我们，我说："跑到哪里去？"林林说："斜对面。"我们冲上了另一辆中巴。

林林解释说："一条线路承包给了两个黑社会，那边的中巴不能开到这边，所以要换车。"

打牌要手气，挤车要脚气。职业套装今天脚气不好，又站在了我们身边。

中巴开着开着，售票员接了个电话，对司机说了几句，司机一脚急刹把车停住，扭过头来，声如闷雷："各位，十分抱歉，现在我们要去打架了，请大家等下一辆车。"老同志说："怎么又这样？一月好几次，唉，唉，唉，想当年……"售票员鞠躬鞠个不停："抱歉抱歉。"

林林解释说："这个不用解释了吧？"

47.

路边有个体重测量器，我问林林："你多重？"林林说："90多斤吧。"我说："不止。"林林说："我就只有90多斤。"我扬扬下巴："去称称。"结果称出来是101斤。

我鼓掌说："咱们都是一百多斤的人。"林林赌气了，撇下我就走了。

我说："是你衣服重不是你重，都怪长沙太冷。"

48.

林林问我："现在对长沙有个大概印象了吧？"

我摇摇头。

这座城市太光滑，我的记忆怎么也立不住脚。

我说："明天我自己出去转转。"林林说："也行。"

49.

上午去了岳麓书院。

岳麓书院被冠以"湖南人的耶路撒冷"的头衔，朝觐它的时候光有虔诚肃穆的内心是不够的，还必须从口袋里掏出十八块钱，相当于献上三斤猪头肉，挺贵的，我觉得。

坐在石凳上看完了池莉的《怀念声名狼藉的日子》，我的意思是，我把

《怀念声名狼藉的日子》这个标题看完了，我对它的内容毫无兴趣。同样情况还有很多，譬如马尔萨斯的《百年孤独》，黑塞的《荒原狼》，余华的《在细雨中呼喊》，帕慕克的《我的名字叫红》，张洁的《世上最疼我的那个人去了》，海明威的《太阳照常升起》，艾米莉的《呼啸山庄》，普鲁斯特的《追忆似水年华》，等等。

石凳温暖，屁股冰冷，我趴在石凳上，晒了阵屁股。

50.

晚上十点，我走到火车站，走到我的起点，关掉手机，钻进旁边的录像厅，看了部老电影《阿郎的故事》。屏幕上，削发后的阿郎哥提着头盔，像照片一样，长身挺立在试车场。我知道这个故事的结局，不知是不耐烦还是不忍心，反正没能继续看下去，从录像厅里走了出来。

沿着五一大道一直往前走，前前后后有不少人在跟我一样走着。走过商务厅，走过华天酒店，走过“阿波罗”，拐进兰州拉面店，吃了一碗拉面，然后推开碗，扣上帽子，趴在桌上睡着了。是老板把我喊醒的，他说他要关门了。

我继续沿着五一大道往前走，只剩下我一个人了，走过长岛饭店，又走过了中天大厦。

四点的时候走到五一广场，风很大，我躲啊躲，最后躲在公交站台的广告牌前，一下就觉得暖和了许多，起码是三面临风而不是四面临风了。

打开手机，对林林说：“来吧。”

林林赶了过来，跟我坐在一起，她冷，我把衣服披在她身上，我们在五一广场一直呆到天亮。

起初，世界只是亮度增加，然后，对比度也高了。

忽然下起倾盆大雨，我们丢盔卸甲地逃回了家，面对面瞪眼。

51.

吃饭真是个大问题。特别是当它成了问题的时候。

人越是怕吃不饱就越是真的吃不饱。

即使吃撑了，也不一定就吃饱了。我和林林在科大食堂吃完饭，回家时，闻见一楼邻居家的油烟味，顿时又饿了，食堂的饭菜和自家的饭菜比起来，总感觉少了什么。

最后干脆整天吃方便面，想了很多办法让方便面吃起来味道好点，我们往里面加过番茄酱，加过蒜蓉酱，加过榨菜加过海带丝还很奢侈地加过虎皮碎椒。

面对面地吃方便面，倒也吃得幸福无比。

可是一连吃了一个月的方便面后，幸福不曾褪色，方便面却已经让我反胃了。

52.

我终于拨了家里的电话。

爸爸说："谁？"我说："我。"爸爸说："你还知道打电话回来呀？不是说好了一到长沙就跟我联系吗？"我没说话。爸爸说："想家了吧？"我说："想。"爸爸说："想家了就回来吧。"我说："再过一阵。"爸爸说："这阵子过得怎么样啊？"我说："不错。"爸爸问："汇报一下，都做了些什么？"我说："也没做什么，就是到处坐坐，走走，看看。"妈妈抢过电话说："昨晚的天气预报说长沙会变天，你记得加衣服，别感冒了。"我说："知道了。"妈妈说："外面不比家里，凡事要小心，不要轻信别人，饭要吃好……"我嫌妈妈啰里巴嗦："知道了知道了……"

爸爸又接过电话："打电话来是因为没钱了吧？"

我扔掉手机，跳起热情的锅庄，感叹苏诸侯的智商就是高，然后捡起手机，法相庄严地回答："嗯。"

我知道，至少有一段时间，我不用为吃不饱发愁了。

53.

我到长沙后，刚开始和林林住在科大招待所。

招待所里没尘埃更没油烟，一切都很清凉。生活在这里总是像没开始。

搬了一次家，就是科大旁边的房子。可是相对于我们的钱包，这个房子太贵了。我们决定再搬一次家，可以离科大远一点，可是房租也得便宜。

找了一家房产中介，提了要求，他们说有这样的房子，可以带了去看看。

眼前是一片陆陆续续建起来的火柴盒子式的房子。

灰蒙蒙的是单元房，黑蒙蒙的是平房，是上个世纪陆陆续续建造起来的——这儿是湖南建工集团的宿舍区。有些人搬出去了，于是，另外一些人就搬进来了。

看看表，走了至少50分钟，我不大满意。这里离林林的学校太远了。我们从科大走到中介公司花了15分钟，中介公司到这又花了50分钟的路程。

中介公司派了个方向感极差的办事员领着我和林林费尽周折才到达这里，途中穿越了一个菜叶遍地的农贸市场，一个莫名其妙的高架桥，两段光秃秃的铁路，要不是办事员一路哄我们"就快到了就快到了"，说不定我们半路上就折回去了。

我跟林林开玩笑："你说我们冲出湖南了没有？"

中介首先带我们去看了平房。推门而进，是一个小过道，过道周围分布着三间小房子加一个洗衣房。

我问中介："没厕所？"

中介说："没有，不过小区里有公共厕所，可以去那儿上，如果懒得走的话，洗衣房也可以解决问题。"

我进洗衣房看了看，脏兮兮的地上有一个非常小的排水孔，还有一股醇厚的大蒜味。正站在过道盘算时，一个睡眼惺忪的女子踏着拖鞋从房里走出来，一个同样睡眼惺忪的男子跟在她后面。女子走进洗衣房，把门关上，男子跟站岗似的堵在窗口，堵住一块只有半截贴纸的窗玻璃。我还在纳闷，那女孩不会就在洗衣房里解决吧，然后，一阵女性小解的声音传进我的耳朵。那一刻，女性特有的阴柔，女性特有的美丽，在那个破水房，脏兮兮的，只有一个小孔的，关不住声音的破水房里，荡然无存。我用余光打量她男朋友，只见他茫然地打了个哈欠，然后拿手指去搓眼角的分泌物，没搓好，搓进眼睛了，让他自己暴跳如雷。

住在这种地方，即使林林再骄傲，时间一长，肯定就会跟这个女的一样，懒得跑到外面的厕所去了。我可不想林林在一群男人随意射来射去的地方脱裤子蹲下去。二话没说，我拉着林林转身就走，对中介说："去看单元房。"

单元房还行，就是太久没住人了，显得很阴。

站在阳台上，林林指着外面一栋昂首矗立的大楼，扯了扯我的衣袖："你说那栋楼和我们学校的科学楼像不像？"

我说："嗯，是有点像。"

林林压低声音说："这儿太偏僻了，我们再去找其他地方吧。"

我说："好，你休息一下，我去跟中介说。"

刚走进客厅，就听见林林在阳台上傻笑。我又走回阳台，问她："你没事吧？"

林林说："苏厉，你知道那栋楼为什么长得像科学楼吗？"

我说："不知道。"

林林说："因为它就是科学楼。"

我揉揉眼睛，说："不会吧？我们走了这么远，难道它也陪着我们一起过来了？"

彼时上午十点，晨雾还很大，一切都不真实。林林趴在阳台上，朝天空挥动着她年轻的双手。雾气被林林撩走，城市就像火山岛一样浮了出来。

林林欣喜地转过头来，说："苏厉，快看！"

招待所，食堂，红茶馆，林林的寝室，那些我已熟悉的存在，不可遏止地随着整座城市呈现了出来。

林林说："你觉得凑巧能凑到这种程度么？所以那里就是科大，我们围着它绕了一个大圈，又绕回来了。"

这是一种久别重逢的幸福。

搬进来的第一天，在楼下碰见一个活动筋骨的楼长，跟她聊了几句，老奶奶说她是山东人。

"我和我先生1957年就住在这里了，"老奶奶问："你们什么时候住进来的？今年？"

林林说："刚才。"

老奶奶耳朵不好："啊？"

林林凑过去，莞尔一笑，说："奶奶，我和我先生今天才搬进来。"

一听这话，我立即挺起胸膛，挺出一副为人先生的样子。

作为城市里的单元房，这一片的房子也很有特点：它们没有编号，一溜排开，随意矗立。白天回家的时候，我经常会犯迷糊，觉得这个岔口挺熟，那个岔口也像。这一天，我又站在路口踌躇，想一想，选了第二个岔口走进去。刚走了几十米，傻眼了，印象中这里趴着的那辆报废夏利怎么消失了？懒得回头，索性慢慢朝里走。走到了一栋5层楼的建筑前，拐进去，爬到四楼，掏出钥匙，往右边的门锁里捅去。锁涩得很，插进去转不动。我握住把手，一边用力一边琢磨为什么就开不了锁。“啪嗒”一声，锁从里面被转动了。

我恍然大悟，原来开错门了。

在门被打开的瞬间，我把钥匙从门上抽出来，握在手心里，支支吾吾地对里面说了句：“你好。”

开门的是一个刚洗完头发的女人，正使劲用毛巾搓垂下来的头发，听到我说话后，女人把头发往后一甩，露出纳闷的脸：“什么你好你不好啊？”

我再次恍然大悟，把存折递给她：“钱来了。”

54.

我要养匹马，因为诗人说城市里应该有匹马。

第三章

美国会打伊拉克么

55.

家里汇了一万块过来，我对林林耸耸肩：“他们大方了。”

有钱了，有些事情就自然发生了。林林带我去春天百货采购了整一套廉价行头：风衣、圆帽、围巾、西装、衬衣、领带、皮鞋、袜子，把我打扮得像传说中的许文强。顺手买了条蓝嘴芙蓉王塞到我怀里，说是给我立个伟大目标，以后发财了就可以天天抽这烟。再然后领着我去了“魅力四射”，“魅力四射”有一个演艺吧一个慢摇吧，前者是动物园，可以欣赏黑黑的非洲妖怪和乳头粉红的泰国人妖，后者是运动场，让大家抱在一起摇头至死，“如今是个怎样的年代呀？耶耶耶，如今是个摇头的年代”。第一次去时只光顾了演艺吧，带回来大把鬼火棒，没有跑到里间的慢摇吧去玩，只好补去一次。

基于复杂的，阴暗的，扭曲的，炫耀的，扬眉吐气的，总之是只可意会的心理，我搂着林林，带上林林的同学张影，还有她男朋友李飞，去了我战斗过15小时的那个会所，要了个最大的包间开始搓五毛钱一炮的麻将，点了数不清的鱿鱼丝，地瓜丝，话梅，可乐，最后我赢了七块五毛，林林输了三块，买了四百七十块钱单。林林她们班组织去植物园搞篝火晚会，我作为特邀嘉宾参加，主动捐了活动费一百。林林抱怨说没钱的时候吃方便面吃多了，要去开荤补身体，于是去“徐记”吃了顿最便宜的海鲜，这顿饭的代价是五百块，林林喝着饭后芋头汤说：“两个二百五！”片刻后又大呼小叫：“哎呀，老公，别喝芋头汤，它把嘴里的海鲜味给破坏掉了。”

56.

林林是个才女，这在我看来是毫无疑义的，证据是，林林有史书上记载的才女们的通病——不会过日子。

站在大男子主义的立场上，可记录的事实如下：

第一，我从来没见过有女主人的房子能邋遢到如此地步。床上干净衣服成球，卫生间里脏衣服成桶，桌上晾着盒饭盒子若干，一个骇人的新发现是，两星期前从科大食堂端回来的盛蒸饺的蒸笼，仍然塞在茶几底下，还没还给人家。

第二，交给她一万块，到吃完海鲜出来我们就只剩一半了。我决定夺过财政大权，能省则省，于是我和林林成为了历史上，从“徐记”出来的吃客中，唯一坐着公共汽车离开的人。当然，为我采购行头的直接后果是，当玉树临风的我穿着行头气宇轩昂地去找工作时，没有一次不被别人当成是来消费的少帅，接下来的正事自然谈不拢。应聘“水无边洗浴城”的保安失败后，我脱下了这身倒霉的行头。后来天气一热，就更加派不上用场了。

57.

又过了两个星期。感觉越来越控制不住生活的速度了，我的意思是，生活的速度已经降到零了，不需要控制了。

不知不觉，我的生活进入了“浑噩”的阶段：就像看电视一样，翻来覆去，没什么好看的节目，但就是下不了狠心关掉它，一切就随着惯性往前继续。可见，浑噩远比痛快有持续力得多。

提到“浑噩”，我就想起以前吃过的“猪油泡饭”。这种东西亮晶晶，白花花，微软略滑，除开猪油，再无任何佐料。一口闷下去，猪油沁入血管，心无苦闷，脑无残念，记忆力像退潮的潮水，迅速衰竭。日子就此飞一般过去。

林林问过我：“假设你家没有给你汇款，那我们可怎么办?”我回答：“钱都快被我们花完了，还这样假设来假设去，不累啊?”

我想靠着林林，林林想靠着我，我问她我们要怎么办，她问我我们要怎么办，结果两人都翻倒在地。

58.

林林告诉我，她的伟大梦想就是我养她，像尹天仇养柳飘飘那样养她，她说我养她是一件天经地义的事情，她说她十分乐意被我养着，被我一直养着，养啊养，养啊养，就到永远了。

她说："怎么样?"

我说："加一个茄子煲吧?"

林林说："我的话你记住了没?"

我说："记住了。"

林林靠到桌背上，脑袋一晃一晃地看着我，突然猛敲桌子，粗声粗气地吼："老板，这里加一个茄子煲！要变态辣!"

59.

刨去某些恼火的情绪，我还是很享受这些不会过日子的日子。我很神经，她更厉害，不仅神经，而且兮兮，兮兮到上卫生间忘关门被我撞见后还能腆笑着伸出双手把大惊而逃的我召唤回来："亲亲，我要亲亲。"

林林可真不见外。

60.

长沙是一个没有春天的城市，它像只巨大的乌龟，驮着全体市民直接从冬天游进夏天。

在603上，我听见一个北方人如此唠叨："这操蛋地方，见个太阳跟见个宝似的。"

北京时间昨早9点整，林林这个月的例假凶猛来袭，与此同时，长沙冬雨结束，霎时间艳阳高照，来得及的人都迅速翻出单衣穿上了。当然，还有更多来不及的人裹在冬衣里，被阳光晒得流油。那天在五一大道旁，我看见至少四万万湿漉漉的棉球在弓着身子使劲扒自己的衣服。

温度上来，毛孔张开，浑身舒展，我彻底活过来了。

从科大食堂吃完午饭出来，我和林林并排走在顶上横亘着不知是丝瓜藤还是葡萄藤的巷子里，脚踩着屁股大的太阳碎片，又凉快又温暖，还能闻到一股植物香。惬意之余，我不忘膜拜林林："没想到呀没想到，您老人家的月经还能遥控长沙的季节。"

林林看着我微微一笑。她的装束很简单，牛仔裤加黑T恤，嘴唇上还出了浅浅的一层汗，轻盈的样子很让我心动。

61.

关于长沙，我和林林的看法并不一致。林林说："长沙是一座有气质的城市。"她还把公共课《湖湘文化》的原话搬出来，虔诚地背给我听："长沙的气质要归功于湘江与岳麓山的存在。湘江千年白，麓山万古青，一动一静，如两个长者，近距离佑护着这片土地……"我肠子都恶断了，装出崩溃的样子，说："那教科书的撰写者八成可能是钉子式的受虐狂。"

我一点都不觉得这座城市有气质，倒觉得它进化不完全，完全是一个凑合出来的巨型县城——高处挂满流着哈喇子的窗户，地上浮着无边无际的桑塔纳，夹杂在半空中的，是嚼着槟榔，把电动车骑得飞快的长沙满哥。

林林这样解释我们看法不一致的原因："是你的眼睛变态啦！"

我们喜欢从一桥往东走，走下大桥，便踏上了五一大道，这是长沙最繁华的一条路，其实也是唯一一条拿得出手的路。大道尽头，就是顶着"长沙"二字的火车站。

若干天前，林林就站在这两个字下面，等着某个人从远方赶来现身。

62.

林林天天陪着我无所事事，就这么非常无所事事地，我们经常去沃尔玛，从里面捧出大堆生活用品。

记得有一次在沃尔玛里，我们还小小地争执了一番。

我想尝个鲜，买一盒彩色的套套，林林坚决不批准。

她说："彩色的鸡鸡，咦，太怪异了。"

63.

这天逛到了电脑城。我们刚准备踏脚进去，母亲的电话来了："找到工作了么？”我说真话：“没有。”母亲说：“回来吧，我和你父亲可以帮你找工作。”我看了看林林，说：“再找找吧，实在找不到，我就回来。”

林林没做声，跟着我走了进去。

那一刻，我对我生命里最亲近的两个女人充满了矛盾的愧疚。

妈妈，对不起，我总是让你担心。

林林，对不起，我是孬种，始终给自己留着退路。

记得动身来长沙的时候，有那么些人就一脸法相地预测说我熬不过一个月就会丢盔弃甲地逃回来。事实证明，我让你们失望了，我熬到了与长沙因缘断绝的那一天。

64.

我们刚走进去，就有个脸笑得比包子还圆的女孩上前来问我：“帅哥，要买什么吗？”林林说：“我们是来找工作的。”她吐了吐舌头，脸就没那么圆了，告诉林林：“墙角处贴了招聘广告，你们去那看看吧。”

一转身，我看见一家名牌为“新地”的公司门柱上贴着一张招聘广告，居然啥要求都没有，只要是个人就成。我要林林到外面等，一个人摸索着走了进去。

里面坐着一堆人，我往那个看起来是中心的人走了过去。

他叫萧哲。

表明来意后，萧哲先示意我到旁边坐着，送走那几个人，然后就同我聊了起来。我们从飞利浦显示器聊起，因为新地公司经销飞利浦品牌，而我家用的电视机就是飞利浦的。聊着聊着就不着边际了。

萧哲突然打断正在说话的我：“你，不是湖南的吧？”我说：“四川人。”

萧哲说：“四川的省会是那个什么什么……”我接过他的话，说：“是成都。”

“我去过，”萧哲得意地把话接了回去：“我在成都玩跳水，站在10米高的跳台上往下看，哟，池子里的水一摇一晃的。”我借机拍出第一个马屁：“你真厉害，那么高，换成我这种胆小的，肯定会头晕。”

萧哲猛一拍大腿，指着我：“跟你一样，我也是看着看着就晕了，只好又顺着梯子爬下来了。”

我正为这个夭折的马屁而惋惜时，萧哲摆摆手，重新挑出一个话题：“依你之见，美国会打伊拉克么?”我不大习惯他这种发散性思维，傻了：“啊?”萧哲点根烟，重复了一次：“美国会打伊拉克么?”

我扭头看了看林林，林林正在外面盯着我，一见我扭头，瞬间就为我堆满笑容。

我点点头。

过了半天，我和萧哲告别，起身往外走。

林林小心翼翼地跟在我后面，一直跟着我出了大门，她按捺不住了，问：“怎么样?”

我百思不得其解地问她：“你说美国会打伊拉克么?”林林琢磨了一阵，说：“这事难说。”忽然回过神来，问：“这跟我们有什么关系啊?”我说：“是啊，那他干吗问我这个问题?”林林急了：“那个人他到底要不要你来上班呢?”我嬉笑着托起林林的下巴：“当然。”

回家的路上，林林说：“你想不想去火宫殿尝尝小吃啊?”我想都没想就说：“不想。”她眼睛眨个不停：“难道一点都不想么?”我看穿了她的诡计，说：“你自己想吃就直说，别老是问我想不想吃这想不想吃那，每次都这样，真烦人。”林林还要狡辩：“其实嘛，我也不是特别想吃，但如果你想吃的话，那我就顺便陪你吃点呗!”

在火宫殿二楼大厅里，林林“顺便”着一气吃了12碟，在吃到第13碟时，直勾勾地盯着桌子，然后停下来拍拍手，说：“我好像吃饱了。”我琢磨了几秒钟，把那些空碟子都揽到我这边，表了个态：“我很确定，这些都是我吃掉的，不是你吃掉的。谁要是敢说这些是你吃掉的我就揍谁!”

得到我的承诺后，林林又继续吃，边吃还边摸着肚子厚颜无耻地解释：“女人的事情你不懂，其实嘛，肚子倒是饱了，就是心里还没饱，嘴里嘛也还想再嚼一嚼。”

我非常喜欢林林厚颜无耻的样子。

离开火宫殿，我和林林好像是飞回家的。到家了，两人都平静不下来。面对面傻笑了一会，她提议说：“很长时间没较量过了，我们来玩双人俄罗斯方块吧?”我说：“好啊，WHO 怕 WHO 啊?!”于是我再一次见识到了林林那双小手的威力，那叫一个噼里啪啦啊，十分迅速，万分准确，比那号称可以从烟囱里蹦进去然后顺着管道一路钻下来最后把坐在壁炉前的人的睾丸炸碎的美军导弹更为厉害。一会儿工夫，我就死于无形了。我说：“哎哟哎哟，哥哥我这盘发挥不好，再来一局吧!”我用尽手段，结果还是大同小异，林林冲我嚣张地笑个不停，笑得我邪心四起，人逢喜事性欲高啊，我抬起长腿就把电灯给灭了，说：“脱裤子，上炕!”林林还扭捏不停，我提起她，一把扔在了床上。

65.

第二天天刚亮，我破天荒地就醒来了。扭头看看林林，她正睡得跟婴儿一样。我凑过去，闻闻她的脸，嗯，不错，一股奶香味。约摸七点钟的样子，我按捺不住就出门了。七点半钟，走到电脑城。大门紧闭，门口一个人都没有。我问了问旁边摆摊子卖早点的大叔：“这儿几点开门啊?”大叔说：“九点。”我便暗暗骂自己傻逼，连上班时间都搞不清，一大早跑这来守大门。

实在没事可做，便站在天桥上看来往的人群，观察这个城市从休眠到忙碌。

此刻正是这座城市里卑微的男人女人们匆忙地从充斥着隔夜屁臭的被子里钻出来，穿衣套裤排泄进食赶路的时候。我站在天桥上，看着忙碌的人群，坚定认为这是一天中最恶心的时候，无数个屁股在一分钟前才匆忙擦拭一番从便池上空挪开，下一分钟就一起或挤在小吃店里，或挤到街上，或挤进公车。只有每天出门前都能从容洗个热水澡的人，这一天里才有新鲜的屁股。

很不幸，我从没拥有过新鲜的屁股。但我要争取有新鲜的屁股!

快九点了，门口开始汇集了一群睡眼朦胧的人，三三两两地团在一起。我装出老成的样子站在了他们身边，挂上和他们一样的表情。

远处孤零零地站着一个家伙，形象很有创意。一身西装皱巴巴，一双皮鞋没擦油，前半脑袋抹了摩丝，头发如钢筋一样纹丝不动地贴在脑门上，后半脑袋如一抔黄草，随风起舞。他和我一样也在打量着这样的一群人。我和他目光对视了一次，他朝我涩涩地笑。

大门终于开了，我随着无数个臭臭的屁股走了进去。走到新地公司门口，看见一个小个子男人正在开拉闸门，旁边站了个看起来比较老但是却有一头长发的家伙。在等候开门的时候，我惊奇地发现那个形象很有创意的哥们也站在了新地公司的门口，于是和他聊了起来。他叫尚基，是个大四学生，没什么课要上了，于是跑出来找工作。和我一样，他也是昨天在萧哲这报到的。

公司的门开了，在工作台的本子上签到后，第一件事就是搞卫生。先把里面所有椅子都搬出来搁外面摆好，然后再把前一天忙碌着拆开展示的配件包装归位，把满地满桌的烟头烟灰包装纸盒打扫出去，然后拿个拖把拖干净。待地面风干后，再把椅子如数摆回原位，就可以开始一天的工作了。

我和尚基都抢着做这些活，却被那个小个子男人告之不用帮忙，这是按人头轮流承担的。他的语气不怎么好，冰冷冷的，和日光灯的光线一样锋利而不留回旋原地。这个小个子男人叫老国，是这里面最老的技术员。

一会儿，一个稍微有点黑的女孩子笑哈哈地站在了我身边。她昨天就看见了我，所以主动和我攀谈起来。她叫小安，杂牌大专毕业，学校不给安排工作，就找到这儿来了。

最后，萧哲打着哈欠来了，朝我点点头："来了哦。"我赶紧说："嗯，来了来了。"然后把准备好的烟递了上去。

一大早没什么生意，只有清洁工们正像拣宝贝一样把那些包装盒子拣好藏起来，因为能卖钱，而且这些钱归他们个人所有，不必上交。

萧哲趁这个时候，边吸烟边给我说电脑城和我们店面的具体情况。

说了没两句，一个中年妇女昂首阔步地走了进来，提着一盒外卖给了坐在柜台后的金发姑娘。萧哲和中年妇女打了打招呼，"这是刘大婆，"萧哲告诉我，"她是老板刘大爷的老婆。刘大爷平时除开打牌就是睡觉，家常事务就是由刘大婆打理，她一般呆在楼上的办公室，也就是批发部里。那个金发的姑娘是她女儿，叫刘阿妹，在这里当库管。"

萧哲是这个店的店长，主管业务。我加入后，这个店就有了四个专职的业务员。除开旁边那个长头发的猥琐男小成，还有一个今天迟到了，我和萧哲都快聊完天了他才屁股一甩一甩地匆匆赶来，胖乎乎如弥勒佛，叫老钱。萧哲瞪他两眼后，把我介绍给他认识，我赶紧起身敬了一根烟给他。

萧哲这时候突然想起一件很严肃的事情："以前做过这行没?"我把脸缩成茄子大小，说没做过。萧哲于是详细把电脑城里面的人分门别类地说给我听："你看见那个胖子没？胖得没有脸，膝盖以上就是屁股，走起路来像穆铁柱的那个？他是楼下厕所旁那家店的店长，也就是店面经理。这是个纯粹的大垃圾。"

电脑城里有很多店，每个店都有一个店面经理。所以电脑城里啥都不多，就经理多。如果再分细一点，技术部搞个技术经理，销售部也搞个销售经理的话，那几乎人人头上都能顶个经理头衔。

说完了店面经理，萧哲又给我说技术员："喏，看见没，工作台那边凑着的一群人就是技术员，你谈完单他们就装机，客户打电话过来他们就上门维修。"

萧哲指了指站在门外的小安，告诉我："她是拉单员，从外面把客人拉进来，然后我们就和客人谈。这个店面暂时只有她一个拉单员，我准备再招几个。"

我盯着小安的后脑勺看了会，她居然知道了我在看她，还回头朝我挤了挤眼睛。

拉单员算是电脑城里倒数第二卑微的职业了，如果按工资，那就是最卑微的了。拉单员主要是女孩子担任，她们必须成天站在外面，把在外面晃悠的潜在客人像舀水一样不断往店内舀。把客人舀进来了，她们的任务也就截止了，因为她们没有和客人谈单的资格。做得好的拉单员或许可以升为销售员或者库管。

最后萧哲告诉我电脑城里最威猛的一群人，这群人学名叫"搬运工"。萧哲指着我今天早上看见的那个留长发的家伙说："那就是我们公司的搬运工，叫老戴。"话还没说完，老戴居然就在那里光着膀子换衣服，萧哲吼了他一声，老戴无赖地一笑，拿着衣服就往外面走。我这时看见了他板结成两大块的胸肌上文着的一只秃鹰，着实是有点吓人。

搬运工是电脑城里最卑微的职业了，但若据此认为搬运工收入低那就猜错了。小安愤愤地告诉我，他们在门口的摊子上都不买蒸馏水的，都是牛烘烘地说："老板，可乐！要百事哦。"搬运工分为两种，一种是自由型，成天背一圈粗绳在电脑城内转悠，看哪家公司需要人就进去，或者，就蹲在门口守株待兔；一种是雇佣型，譬如我们公司的老戴。

给我说完这些，萧哲就自顾自地出去晃悠了。我想不通他到底在晃什么，反正他一路走就一路和别人打招呼，跟这个点点头，跟那个拍拍肩膀，也许，还在不断跟别人讨论："你说这个美国啊，会不会打伊拉克?"

小安说："这是萧哲每天的功课。"

我和小安断断续续从上班聊到下班。

66.

随着生活的洪流，眼前这些素昧平生的人被卷裹到了一起，拥挤在这个电脑城里。我们热乎乎地互相问好，我们感知着对方的冷暖哀愁，我们亲如一家人，甚至舍得把手中的糖果搁到对方的嘴里。然而，在电光闪烁间，我们会突然明白彼此之间的利益冲突，明白了这一点后，你脸上的笑容不会减少，因为这是极其危险的举动。但是，你会慢慢地，就这么慢慢地，如丝绸在大理石地面拖动一般，开始把身体往角落里缩，开始上身前倾双腿蹬地，只等上帝宣布我们这群人中只有一个能活下去的那一刻，就迅速举刀砍下，把本来拥挤在一起互相取暖的同伴干掉。越早明白这个道理的人，越要假装不知道这个道理，这样才能活得健康，活得盔甲厚实。

可惜，我是许久之后，才明白这个道理的。

这漏洞百出的生活。

67.

有个叫"RAIN"的单眼皮韩国人红了起来，林林租回他和宋慧乔主演的《浪漫满屋》，放在笔记本上一集集地看。我向来对韩剧不感兴趣。依我看，韩剧的最大成就是向大众普及了医学知识——原来绝症还有这么多。

我说："你看，我睡。"

林林说："不行，一定要陪我看。"

林林说："这也是生活!"

刚开始看的时候，我坐大椅子，林林坐小板凳，抱着我的腿。随着剧情地推进，RAIN 不争气了，变得越来越可爱，宋慧乔倒越来越悍妇。

屏幕前的两个长沙观众也有了变化，趁我途中上厕所时，林林顺理成章地摸到大椅子上侧身坐下，指着小板凳，朝我努努嘴“你坐那”，然后翘起双腿。我问：“你想干吗?”林林说：“你坐下就知道了。”我规规矩矩地坐在小板凳上，林林的腿及时从空中落下，搭在我腿上，她摸摸我的脸，说：“我要开始享受啦!”

RAIN 每可爱一次，林林的屁股就要煞有介事地往前挪啊挪，伸出手去“啪啦”按空格键暂停，然后自上而下看着我，嘟起嘴搂过我的脸亲个不停：“他怎么就这么像我家宝贝!”一旦我显出不耐烦的表情，林林就用命令的方式来撒娇：“苏厉要乖，苏厉要做好小朋友，苏厉要听林林的话。”

细细想来，这么多年，我似乎真没听过别人的话。

68.

萧哲出去晃悠还没回来，老钱趴在装机台上打瞌睡，只剩下我和那个土黄色的小成坐在里面。我一开始就巨不喜欢小成。首先是他的外形实在猥琐，一身土黄色的装扮我姑且先不论，关键是我不喜欢留长发还不洗头的男人，他就是这种，满身猪油味。第二，他一来就向我要烟抽，我也给了，但是，他自己抽烟时，则是先走出店面，然后从口袋深处隐秘地撮出一根烟，点上，往电脑城深处走，等回来时，烟早就抽完扔掉了。这样，他就左手蹭我的烟抽，右手不把他的烟分给我抽。第三，我一来他就没给我好脸色看，翘起他那张死人脸，时不时以老人的姿态主动“帮助”我。他是个初中毕业生，在各个电脑公司浪迹已久，是根老油条。他也新到公司，想死了得到萧哲的信任，因此处处压着我，要显示自己的资格。我新入行，还真不知道怎么应付这样的小人。

小成又问我要了一根烟，抽完后还嫌不过瘾，又站在门外点了一根烟，远去了。我则百无聊赖地拿着那张公司给的报价单背个不停。

正在这时候，小安如有神助，拉进了一家人。她朝我使了个眼色，我赶紧迎上去，无比热情地拉着他们在桌子旁坐下准备开圆桌会议。坐下后，我又想起没有给他们倒水，赶紧又起身去拿一次性杯子，小安给了我一个微笑，示意她来，让我坐回去，我朝小安点点头。

他们那家人想要配一台电脑给儿子用，然后拿出一张已经写好的配置单给我，诱惑我："如果价格合适，马上就配。"我激动得差一点就发癫，心想："不赚一分钱也要搞定你们，我就不信还有人能低过我！"

我努力克制住自己的抽搐，还轻描淡写地给他们讲了几个荤段子。正准备写价格时，发现里面好多配件不是我们公司经销的，我压根就不知道多少钱。于是，装作很有风度地点点头："您几位稍等，我马上就把最低价格报给您。"得到他们的首肯后，我转身去了总台，向阿妹问价格。阿妹是老板的女儿，仗着这一点，所以上班不是很专心，业务掌握十分不深入，对于这些价格也没有烂熟于心，还要不停地打电话问经销这些货品的商家价格是多少。

我一边等一边时不时扭头向那家人投以微笑。

总算等到阿妹问清楚了最后一个价格，我已经火烧火燎得不行了，感觉肛门周围都出了一圈汗，止不住地想大便，裤裆深处异常瘙痒，貌似有无数只蚂蚁在爬。

这就是在登一座山，终于，终于快要到顶了！千万别出乱子啊千万别出啊！

鲁迅先生说："我因为常见些但愿不如所料，以为未毕竟如所料的事，却每每恰如所料的起来，所以很恐怕这事也一律。果然，特别的情形开始了。"

哆嗦着把最后一个价格写在单子上时，阿妹问我："你怎么直接把底价标在上面啊？写高点啊。"我没答复，拿着单子扭头就往桌子走，就在这时，我看见小成三步并作两步地往店里跑过来，边走边猛吸一口烟，把烟头弹到地上。他脸上的表情又色情又恐怖。我装作啥也没看见，疾步走回且坐下。对那家人说："我已经把最低价格列好了，现在用计算器算一下总价。"那家人说："好的好的，你动作快点。"

小成的脸皮也够厚，从旁边摸了条椅子就强挤进来，和那家人套起近乎并开始自吹自擂。我一边诅咒一边加急算总价，心想价格算出来了就尘埃落定了。

可是价格还没算完，小成就问我要这张单子，我不乐意了，说："你等我算完不行啊。"小成啥都没说就直接把单子从我手里夺了过去，然后和那家人说起来：“第一，配置不合理，要改；第二，配置品牌不行，不如我们公司的好……”我明显就看出那家人表情不太耐烦了，于是赶紧抢着说：“其实不换也行，就按单子上的配也不错了。”于是，我和小成一个往东一个往西地扯了起来，那家人的脑袋像摇头风扇似的，一会看小成一会看我，肯定觉得我们俩是神经病，我们这个公司是神经病公司。我说着说着，感觉明显说不过小成，没他那么有底气也没他那么无耻，人家摆明了不换配置，你干吗这么不知趣?!

我甘愿退出，把这单让给龟儿子，遂抬起脚就往外走。

小安见我出来了，很着急地把我往里面推：“你干吗出来啊？回去，继续回去谈啊!”我抱歉地笑笑，说：“让那傻逼去折腾吧，看他能搞出个什么名堂来!”

小安好像对我的不作为生气了，“哼”了一声，撇开我去了。

我缩在墙角，点燃一根烟，知道自己其实是胆怯才这样，可我无法让自己不胆怯，我已经被人打得满地找睾丸了。只好默默地抽烟安抚自己。那一刻的心情我永远都记得：无地自容，人人为敌。

一根烟还没抽完，那家人就发着牢骚从我身边出来了，拐进了隔壁的三和店。我松了一口气，心想总算没让小成得逞。正暗自高兴着，小成居然走到我身边来了，一本正经地批评我起来，说：“要推自家的货，要让客人用我们代理的品牌，新手不要匆忙着谈单，以后有单先让我谈，你在旁边好好学着。”

小成最后说：“再给我一根烟。”

69.

我很快就觉得这也是个无所事事的地方。

顾客比员工还要少，偶尔有那么一两个进来，也噤若寒蝉。激动地问一句：“同志，配电脑不?”他马上就受惊了：“不配不配，你忙你忙。”

各个店面一派荒芜。库管聊天，技术员打游戏，拉单员大多不知拉到非洲还是欧洲去了。各个人都能找事情来打发时间，只有我例外。蓝天下是天花板，天花板下是我，我在使着劲磨屁股。

萧哲对我的痛苦熟视无睹，依然呼啦呼啦地一圈圈巡视，仿佛巡视过后，领地就能扩大。

尚基没能熬到试用期满就被萧哲踹走了。他带条内存去给客户更换时，插反烧掉了。萧哲气得把口水抹得满墙壁都是：“就你这，还是学计算机出身的啊?！知不知道‘丢脸’二字怎么写啊?”尚基依然穿着那身皱巴巴的西装走了，如同他来的时候那样。唯一不同的是，他前半脑袋的头发也如枯草了，萧哲没给他一分钱。尚基走后，我愈发不可忍受起来。连着好几天，连个客人的鬼影子都看不到。

何勇曾在红磡体育馆里歇斯底里地不断呐喊：“还有没有希望?!”他的意思就是没希望了，大家可以去死了。

磨屁股也不是长久之计，我也学着萧哲的样子，晃起圈子来。萧哲是昂头大步走，我是半遮掩着眼睛低头打量。路上有热情地女同行过来问：“帅帅，要配电脑不?”我满脸通红，一边说不要不要，一边撒腿就往回跑。

萧哲的生意依然很好，时不时就有脑袋伸进来：“请问，萧哲是不是这儿的啊?”得到肯定的答复后，一帮人就钻进来了。我赶紧给萧哲打电话，一会儿工夫，他就春风满面地回来了，十米外就堆起笑脸，张开双手：“哎哟，您来了，快请坐，咦，怎么还没倒水?”

“咦”就是我。

我赶紧屁颠屁颠地倒水。倒完水后，发现最外面的椅子都坐满了人。只好小心翼翼地绕过人群往里走，一不小心，还踩着一个客人的脚，客人“唉哟”一声，萧哲小声说：“你在这挤来挤去搞什么?”一时间，卡在人堆里，不知道要如何才好。萧哲把我往里轻轻一推，我就顺着惯性走，满头大汗地坐在了靠近装机台的旮旯里，手脚随便乱放，只要能喘口气就行。不到十分钟，另一帮找萧哲的人又来了，我赶紧起身倒水，把水一一端给他们之后，发现连旮旯都坐满了人，于是站到门口去了。

百无聊赖时，小安总是适时从天而降。

她会一脸坏笑地对我说：“看起来有心事哦?”我说：“瞎猜!”

说实话，我不知道我能撑到什么时候。这就是我要长久承受的生活吗？坐台？磨屁股?

找工作这层油纸捅破后，我是真正进入生活了。可是生活中又被透明的玻璃分成多少看得见摸不着的分层啊！这些分层间的玻璃是钢化玻璃，比油纸强韧一千倍。

而我现在显然是在最紧窄的外层，被四面玻璃牢牢围困，把我挤得皱巴巴像一团随时可以扔进垃圾箱的纸巾。

70.

林林问我："这个工作怎么样？"

我说："相当不怎么样。"

林林问："是不是很累？"

我说："累倒是不累。"

林林问："那是怎么？"

我指着自己的鼻子，问林林："你觉得我像当商人的料吗？"

林林说："看上去不太像。"

我点点头，说："是压根就不像。"

林林说："那就继续找新工作？找个清闲点的？"

我说："不折腾了。"

林林说："那你到底喜不喜欢这个工作吗？不喜欢当然就要换啊！"

我说："其实又挺喜欢的。"

林林说："你说话怎么这么不靠谱啊？"

我打打哈欠："看电影吧！"就把林林租回来的《两小无猜》塞进笔记本里看起来。

一会儿，林林又说："把电磁炉、电饭煲买回来吧，这样我就可以做饭了，能省不少钱呐！"

我说："好。"

林林又说："对了，还要买洗衣机，顺便把宽带也开通……"

我说："好。"

林林说："那到底什么时候去买？"

我说："明天。"

71.

电影里，索菲和朱利安正无休止地纠缠对方："敢不敢？"

72.

有一段时间没有买衣服，晚上发现袜子破了。

林林说声“我给你补”，就跑到卧室的台灯下补袜子去了。我坐在客厅的沙发上，看着台灯把林林影子投在墙壁上，看着她怎样专心致志。半小时后，林林把补好的袜子拿出来，要我穿上试试。不补之前还能穿，虽然大脚趾露在外面；经林林补过后，脚掌那部分彻底瘪了，穿都穿不进了。

我彻底震撼了：“老婆，你是高手啊！”林林一阵撒娇，我把她拽到身边，说：“来说说话吧。”林林站起来，坚持着去重补一次。

我又看见了林林忙碌的影子。我走进卧室，说：“别补了。”

林林说：“不。”

我夺过袜子，说：“要你别补了你就别补了，你这么勤快干吗?!”

林林诧异地说：“怎么啦这是?”

我背过身向客厅走去：“一只袜子，就是一只袜子，破了就扔，不值得你这样去补。”

林林，你不必成为补袜子的女人。我要的，绝不是这样缝缝补补的生活。

73.

电脑城有两大民生问题。第一项当然是饭。

整个上午的活动都可以归结于一个问题：“中午吃什么?”

打完卡，小安神态疑惑地走过来：“中午吃什么?”我刚坐下，穿紧身T恤的阿妹就也坐在了我旁边，她伸了个非常长的懒腰，我十分担心那对紧绷的大乳房会被它们的主人挺到爆炸。

“吁”的一声后，阿妹恢复常态：“中午吃什么呀，苏厉?”

老国背着他的工具包从我身边走过，又折回来：“你中午吃什么?”

萧哲背个手，老钱跟在后面，两人徐徐顺着电梯从一楼冒上来，隔着老远就问：“你们说中午吃点什么才好?”小成朝我走过来，看样子也想和我讨论几下，我撒腿就跑。

这个问题没有结果，又一个中午就真正来了，大家心满意足地各点各的饭。

吃完了，萧哲擦擦嘴巴："跟我出去走走？"

我正好闲得慌，起身贴着萧哲就四处逛。他走哪，我跟哪。他跟别人聊生意，我就知趣地稍远点站着，当然，他们的对话我都听见了。我不想狐假虎威，也不想狐伴虎威，权当玩玩。萧哲也不介意我跟着他，反而时不时向其他人介绍我。

里面的人也开始熟悉了我的面孔，搂着我的肩膀神秘地说："记得帮我走点货。"然后朝我做手势，我知道这是什么意思，但没做回应，我怕被萧哲瞥见，然后说我心怀鬼胎。没想到，萧哲看见后，反倒还笑着走了过来，那人赶紧双手递烟，萧哲抽着烟，放炮一般交代我："以后就用他的货！"

第二项就是烟。

这个时候，我知道了萧哲为什么从来不买烟的原因了，他只需转上一圈，回来的时候嘴里叼着烟，两个耳朵架满烟，口袋里还塞了一大把。

第一天上班时，我随手塞了两包烟在口袋里，到下班时，就都变成了烟灰。后来的几天，刚到下午两三点的样子就早早地变烟灰了，所以还得赶紧到楼下去再买一包。

这一笔开销在四川是免费，在这里就很是可观。因此在随后的一段时间里，我决定要压缩生活成本。我花了7块钱在摊子上买了个香烟夹，按每小时近乎一根的比例，往烟夹里装了7根烟。第二天，我带着这7根烟就高兴地去上班，心想这次可就压缩掉成本了。结果，在外面等着开门时，萧哲问我："带没带烟？"我只好给他一根，既然给他了，就不得不给站在一旁觊觎的那些烟民同事。我这算计半天的7根烟计划还没上班就惨败。没办法，只好再去买烟。看来绥靖政策是没有用的，最后我就毅然决然地宣布："戒烟啦！"其实我没戒烟，我只是上班的时候不抽，下班回家猛抽。这样就不用把烟敬给同事们抽了。

这种半自宫政策在三天后就失效了。第三天我没顶住诱惑，接过了同事递过来的烟，又上了贼船。于是又恢复了每天两包烟的生活。

74.

一个下午，我照例坐在旮旯里磨屁股。萧哲走过来，问："这些天装机了没?”我闷声闷气地说:“没有。”这段时间我感觉得出,萧哲对我还是挺肯照应的。萧哲给我说了说性格问题:“我不管你私底下性格如何,反正干这行,性格必须外向,必须人来疯。否则你就会越缩越回去,最后变锤子。”我突然有些生气,说:“现在没生意,我想外向也没地方外向啊?!”萧哲笑笑,没回答我的问题,撂下一句话就拂尘而去:“有空就在电脑城里逛逛,熟悉哪家做哪些货,价格多少。你要形成一个观念,整个电脑城都是咱家的!”

现在想来,我那时真是个小男人,还喜欢耍些性子装委屈。萧哲的话明白无误地告诉我,男人应该面对这种处境。

75.

我最终还是把这些话听了进去,起身学着萧哲四处逛。

这一天快下班时,有个女的跑来买显示器,一次要买3台。我的价格开得很低,很快谈妥。

她提出一个要求:“要发票!”

我问:“开那些办公设备的发票行不?”

她不同意,一定要开显示器的发票。我说:“全电脑城都没有的。”

她反问:“那你们不是偷税漏税么?我到别处去看看。”

我说:“那你就到别处看看吧。”

过了一会,女的又回来了,恩赐我似地,说:“不到别处看了,就到你这买吧。”

我看了她一眼,说:“不好意思,小姐,打烊了。”

那女的说:“这么早,怎么就打烊了呢?”

我看了看手表,说:“我不想卖了,我们就打烊了。”

76.

家里的电话又来了。

我亲了亲睡得正香的林林,躲到厕所里。妈妈说:“什么时候回来啊?”

我实话实说:“不知道。”

妈妈说:“过去的事情就过去了,你不要放心上。你说你要到外面待上一阵，我和你爸爸就同意了。你没钱了，我们就汇钱过来，也就是考虑让你调节一下心情。”

我说：“不是因为这个。”

妈妈说：“那怎么说好了回来又不回来了呢？”

我说：“在长沙还有些事情。”

电话那边好一阵没声，我“喂”了几声，把爸爸的声音给喂出来了。他清了清嗓子，说：“我已经很久没跟你说过话了。在谈话前，首先记住一点，我是你的父亲。”

我说：“嗯。”

他说：“记住了没有？”

我说：“记住了，你是我的父亲，我是你的儿子。”

他说：“你说说你都有些什么打算？”

我说：“没什么打算。好好工作。”

他说：“好好工作？就这么一句话？”他提高了声音：“有你这么工作的？你不觉得你很愚蠢吗？就是个没文化的农村婆娘都知道在出去打工前要先体检，然后带齐证件，再去找熟人找关系，对了，还要办暂住证。你现在算是什么？做实验还是玩游戏？你别以为我不知道你和谁住一起，她就在旁边吧？我看你是因为她而不肯回的吧？”

我非常不喜欢他的口气，虽然我记住了他是我爸爸。

他继续说：“真要赚钱也不是你这个赚法，去给别人打工还不如回来承包村村通工程，更何况，你还就真不打算读书了？”

我说：“我不是被开除了么？没书可读了。”

他说：“我都帮你安排好了，就等你来走程序了。你回来后就住成都你姑父家，你姑姑连床都铺好了，他们、我们都很想你。”

我说：“让我再想想。”

他在那边叹了口气，说：“现在知道不容易了吧？”

一听这话，我心里就酸酸的了，煞是委屈地把来长沙后的经历添油加醋说给爸爸听，听得苏书记呼天抢地，大叹资本家都是婊子养的，活该当年被整死。

林林在卧室里开始喊我的名字，一声比一声大，我浑身一颤，“啪”地把电话给挂了，又捧到嘴边，做贼心虚似的对电话说声“还是再想想”，说完才明白那边已经听不到这边的话了。

干脆关机。

卧室的台灯下，林林直勾勾地看着我，眼神清澈。

77.

人活着，不仅要忍受生活的摧残，还要忍受相互间的摧残。

我的爸爸，刚参加工作的时候，正是深圳烧第一把火的时候，他想去深圳建功立业，被爷爷训斥了一顿：“放着好好的干部不做，去外面给资本家打工，是不是脑膜炎了？给领导提包领导总会把你当个人看，给资本家提包资本家压根不会把你当人看。”

身为儿子，平时不好无事打量父母，只好趁他讲话的时候，借机观察。爸爸脸上糊满了时间。从他仅存的气质看来，他的确适合去深圳当一个技术类的工程师，而不适合在褐石抓计划生育。听妈妈说，爸爸年轻时仗着大长腿，最热爱跑步，百米冲刺的速度至今褐石无人能破。我多次孤身一人，站在那条诞生了褐石记录的煤渣跑道旁，想问问当年的爸爸，你还在这里奔跑吗？你还在这里强有力地奔跑吗？

我的出生彻底摧残了当年这个不惹尘埃的年轻人，他不这样说，他说得异常委婉：“你出生那天，有点冷，还下了毛毛雨。”他笑眯眯地从护士手里接过我的那一刻起，就已经放弃所有的想法了，换句话说，他开始以一颗火热的心，投入到为人民服务的事业中去了。不知他有没有趁我没记忆时狠狠地在我屁股上抽几下。我不会怜悯他，怜悯他是对他的侮辱，何况他活得本来就不错，一个男人应该要拿到手的底牌他都拿齐了。印象中，有那么几次，当他穿着风衣从车里钻出来时，还额外带点地痞式的威风。

我的妈妈，逆来顺受无所求，换个角度来说就是，温和如水，尽善尽柔。妈妈永远有一句话：“我的希望就寄托在苏厉你身上了。”我非常困惑，那你自己的生活呢？就没了吗？实在想不通的时候，甚至期望妈妈去找个情人，甚至期望妈妈和她的情人浪迹天涯。如果妈妈真的这样做了，我会发自肺腑地高兴。

我见过的，妈妈唯一一次不遮掩地向爸爸提出自己的要求，那还是十年前，她从外面回来，不容商量地告诉爸爸，她想要一件两百块的衣服。在表达要求的时候，妈妈的脸上释放出了动人的光芒，也就是那一次，我惊讶地发现这个把我生出来的女人除开和蔼、朴素、勤劳外，她还惊人的美丽，美丽到不像我的妈妈，倒像我的姐姐。我翻遍书籍，发现无数篇回忆母亲的文章中，唯独缺少“美丽”这一篇，要么是歌颂母亲像畜生一样辛勤劳动，要么就是怀念母亲的苦大仇深，就是没人说他们的母亲是美丽的，像个女人一样美丽着。

妈妈如今老了。

我把自己的想法告诉林林，林林要我别这么想，因为这样一想，她心里也难受，她也会想起她的妈妈。

我告诉林林我很小就有的一个念头：“总有一天，我要逃得远远的，不让他们看见。如今我总算做到了，我就是死，也要死到外面。”

我还不解气：“‘父母’这两个字就是恐怖分子的代名词。”

林林说：“不要这样说。”

我说：“你一定要听我这样说，一定要同意我的看法。”

林林把我埋在她的头发里：“苏厉，你不要这么敏感。”

我说：“你同不同意？”

林林说：“我同意。”

78.

来了一家人：一对老夫妻，一个小孩，外加一个漂亮的少妇。

小安上前接待这家人的时候，三和店的人也赶到了，都努力扯着他们进各自的店。那可爱的老婆婆对着小安发话了，“这家不错，这小姑娘也不错”，于是小安就把他们接进来了。

那家人是最理想的客户，他们啥也不懂，当天随意看了会就走了。

走之前，所有人都听见老婆婆对老头子说：“明天就来这买吧，我看这里的小伙子小姑娘都挺好的。”

小安走到我的身边，笑着问我：“你说他们明天会不会来？”我说：“那咱俩打赌吧。”小安说：“好啊。”我说：“就明天的午饭，我赌他们会来。”小安说：“好吧，那我只好赌他们不来，其实我是想赌他们来的。”

第二天一大早，那家人果然就直奔我而来，我得意地朝小安挑了挑眉毛。

接下来过程没什么突兀之处，那家人很“听话”，我说什么他们就听什么，搞得我都有点不知所措了。无论我说什么，他们都点头称是：

我说：“是吧？”他们说：“是的！”

不到十分钟就把该说的都说了，一时间，无话可说，你看我我看你。老婆婆问：“怎么不说啦？”我说：“都说完了。”老婆婆说：“啊？就说完啦？”我说：“你们有什么意见？”老婆婆他们窃窃私语一阵，说：“我们没什么意见。”我很是不满：“怎能没意见呢？”老婆婆他们又窃窃私语一阵，说：“我们还是没什么意见。”小安听到我们的对话，走了过来，对老婆婆说：“阿姨，您是觉得价格啊、配置啊都可以了是吧？”老婆婆说：“是啊，我们都觉得挺好的，可这小伙子非要我们想点意见出来。”小安说：“那就麻烦您交一百块钱定金，就开始调配件装机了。”

原来交易已经达成了。

少妇从包里掏出一百块，给小安，小安又给我，说：“给阿姝。”阿姝见到定金后，笑逐颜开：“恭喜。”她在计算器上猛按一阵，告诉我这一单创造的利润是——七百五十块。其中，可以放进我口袋的是——二百四十块。这个金发女人仔细打量我一番：“看不出你还挺狠的，估计以后跟萧哲有得一拼。”

我抽空到门口抽了根烟，笑呵呵地重温了刚才的过程。

抬头就看见迎面走来的很多人，他们都是因为我谈成的这一单而前来送配件的，也就是沾我光的人，他们眼里表达出的对我的尊敬让我有种久违了的成就感。

让我不爽的是，主板是萧哲从库管背后的小柜子里翻出来的。

那个柜子里堆着的，都是因种种问题，被客户退来后的回锅配件。这个主板盒子里附带的接口挡板和主板怎么也配不上。老国忙碌了好一会儿，又敲又锤，十八般兵器如数用上，搞得跟铁匠铺里一样，火星四溅。那家人一边拿手绢遮脸，一边问我：“高科技也需要动用这么原始的手段么？”我说：“装机么，就是这样子热热闹闹的。”为了分散他们的注意力，我一个劲地和他们扯起我以前的失意人生。他们都是政法系统的，那个老头以前还是个检察长，代表国家惩办过不少失足青年，他安抚我说："知错能改，敢于直面惨淡的人生就是好样的……"

等到老国终于找来一块合适的挡板后，我松了口气，抽根烟，摊开脚，开始直面人生了。

把这家人送走后，萧哲扭过头，凶神恶煞地批评我："还不够狠！还不够狠！"

我知道萧哲这话是什么意思。

他怪我没有一鼓作气把UPS和电脑桌椅一并推销出去。装机的过程中，那个老婆婆对我说："我们那片吧，电压不是很稳，会不会对电脑有损害啊？"我诚恳地说："没事的，只要别和冰箱啊空调啊共用一个插座就不会有问题。"说完这句话，我就看见萧哲在瞪我。一会儿，萧哲就走了过来，面带笑容地问老婆婆："阿姨，您那片电压稳不？不是很稳的话可能会把电脑烧掉哦，要不就让苏厉带您去买个UPS呗，另外，要不要选个电脑桌啊什么的？"

晚了，人都认为第一次听到的才是真话，老婆婆此刻已经不论萧哲如何忽悠，都只是笑笑了，说："改天来买吧。"

我心里觉得，这样好的顾客，就少忽悠人家一些吧，真是。

不过我什么都没说。

小安照例从天而降，捧着一大一小两份牛肉炒饭，把大的递给我，她说："今天我特别想吃冰淇淋，不知有个人愿不愿意下班后请我呢？"

79.

打了个电话给林林，要她过来吃冰淇淋，林林又喊上了张影和李飞。

我一阵感动："我老婆是个好人，我老婆最会替我花钱了。"

介绍过小安后，大家朝南门口走去。

林林和张影背双肩书包，小安背单肩书包，这仨小妞手挽手走在前面，像只巨大的五彩螃蟹，我和李飞跟在后面，听她们胡说八道。

经过航空公司的售票点，看见一副巨大的宣传画。上面标明本公司可从长沙发出的，到全国各地的航班。林林，张影，小安由一只大螃蟹分散为三只小麻雀，叽叽喳喳地扑过去，寻找着自己想去的地方。

林林选了乌鲁木齐，她说那里的羊肉串最正宗；张影选了厦门，她说那里适合生活；小安选了上海，她说那里才是大都市。

她们选来选去的时候，我远远地对着成都发呆。

她们说："喂，两位男士怎么站在那发呆啊？过来呀！"

林林把我拉到宣传画前："你想去哪？"

我说："就待长沙好了。"

李飞说："我跟苏厉一样，就待长沙好了。"

80.

最后是李飞买的单，《萌芽》杂志刚刚给他汇了二百二十五块钱稿费。

这是一篇五千字的文章，名字极骚极浪，叫做《论快感的有无及喊不喊的问题》。

林林感叹说："你家李飞可真是大才子。"张影得意地说："那当然。"林林又感叹说："唉，也就仅次于我家苏厉了。"张影说："啊呸！"

小安笑得花枝乱颤。

81.

李飞跟我提起了哈金，一脸敬仰。他问我知不知道哈金给出的"伟大的中国小说"的概念，我说我知道。

他说他正在写一部这样的小说，计划八百万字，标题都想好了，就叫《伟大的中国小说》。

他说他要在这部小说里打完他所有的子弹烧完他所有的幻想。

看着他激动的样子，我当然要祝他早日成功。

82.

我陪林林去练形体，在巨大的玻璃墙外等她。

林林在第一排正中间，张影在她的身后。上百个女孩子在教练的带领下，伴着极有节奏的音乐舞动着青春洋溢的身体，像一百多颗向日葵在舞动，美得我的荷尔蒙都掩面而逃。

她们中的任何一个人，都是如此之美，精致的骨骼，白皙的皮肤，飘动的秀发，自信的脸庞。

看着看着我不禁自惭形秽，跟她们比起来，我是如此傻大傻大一个人。

真想变成一个隐形人，站到她们旁边，和她们一起舞来舞去。

美是一种客观存在，丑也是。

有些人就可以这么美，美得空气都香了，正如有些人就可以那么丑，丑到空气都臭了。

83.

李飞是河西湖大的，不常过来，而林林和张影又都是“小众型”女孩，不爱搭理别人，所以大多时候，总是我们三人凑在一起。

常去消遣的地方，是科大门口的酸梅歌厅，破是破了点，但很好玩，总是一起嚷嚷，从《那一年》到《采红菱》，从《where did you sleep last night》到《男生女生，呸》，无所不唱。

“那一年，你正年轻，总觉得明天肯定会很美，那理想世界就像一道光芒，在你心里闪耀着……”

“我们俩划着船儿采红菱呀采红菱，得呀得郎有情，得呀得妹有心……”

“My girl, my girl, don't lie to me, Tell me where did you sleep last night……”

“你有没有把我放在心上，有有，我还把你放在我床上……”

夜黑风高时，我们从歌厅出来，伴随着歌厅里泄露出来的嚎叫声，奔跑在校门口空旷的公路上，踩着最中间的白线，用开火车的方式，连成一列向前冲，清脆的笑声在身后一路跟着我们。

校门口的路灯下，等客的的士司机伸出脑袋，羡慕地看着我们。

来不及回寝室，我们三人就不得不同睡，来得及回寝室，张影也时不时睡我们家。趁张影在厨房里洗水果，我向林林抱怨：“生活不方便啊。”林林白了我一眼：“你就不能忍着点？”我说：“斗转星移万物生长，天要下雨娘要嫁人，我憋得慌啊。”林林笑吟吟地亲了我一口，指着厕所：“自己到里面和它握手去。”

为了避免出现共产共妻的场面，总是我睡最外面，林林睡中间，张影睡最里面。

今天林林又和张影一起回来了，手里还多了几张碟，都是第六代导演的作品，她们叫嚣着要“看个通宵”。我和她们一起看了会《小武》，实在听不懂那怪呼呼的没有字幕的山西话，早早地去睡了，老规矩，为了提防这俩神经待会撑不住眼皮爬上来，我睡在了最外面。

睡得正是状态，感觉林林也上床了，她还推了推我，要我睡过去一点，我一翻身，抱住了她。

正梦见我开着一列火车在天空翱翔，就听一声炸雷，火车应声落地：“哇！淫贼！好一对淫贼！”

我赶忙睁开眼，发现怀里抱着的是呵呵傻笑的张影，这还不要紧，要紧的是，被子全裹在我和张影身上了，林林被我们挤到一边，以“大”字形裸露在空气中。

原来昨晚张影上了次厕所又回到卧室后，迷迷糊糊地走到床边推我，我误以为是林林在推我，于是挪了挪，把她抱住了。

没敢告诉林林，我抱着“林林”的时候，还习惯性地往她身上顶了几顶。

84.

日子一天天向前滚着。

我坐在马桶上，抽完手中的烟，还不想结束，正准备敲卫生间的门，要林林拿烟来时，听到我的手机响了。林林在外面问：“要不要接？”我说：“你帮我接吧，接完了拿根烟给我。”

一支烟夹在两个手指间从门缝里伸进来。林林隔着门说：“是贵贵打过来的。”我说：“谁？”林林说：“贵贵。”我说：“你怎么跟他说的？”林林说：“我要他待会再打过来。”我纳闷地点燃烟，林林的声音又来了，她说：“苏厉，我知道你们家和他们家交往很频繁，但我一直都想不通你在成都时，怎么会跟贵贵这种人玩在一起。”

我没吭声，心虚得很。

电话又来了。贵贵在那边大咧咧地问：“最近混得怎么样啊？”这个“混”

字有些让我不舒服，说：“过得挺好。”贵贵说：“听说你在打工？”我说：“嗯，上班。”贵贵说：“你觉得上班有意思吗？”我说：“挺有意思的。”感觉贵贵嘴巴一撇：“那为什么我就觉得上班特别没意思呢？”

一听这话我就莫名火大，你觉得没意思那你就去死好了，干吗打电话来冲着我嚷嚷？

贵贵还在那边问个不停：“你现在一个月能赚多少啊？”

突然想到在这个人面前，我完全没必要底气不足，大不了就当不认识这个人好了。

于是拎着手机站起来，坐到林林身旁的小板凳上去。林林在看 RAIN 主演的另一部电视剧《尚道上学去》。贵贵在那边叽里呱啦一阵后发现没回音了，就在手机里“喂喂”个不停。我说：“在，你说。”贵贵说：“你那边怎么这么吵啊？”我说：“对，就是这么吵。”林林听到后，心有灵犀地把音量调到最大，然后照例把她的腿挂在我的腿上。

我很不耐烦：“有话你就说嘛！”贵贵说：“哦，我说我说，叔叔阿姨在我们褐石也算是很受尊敬的人了……”听到这，我打断他：“正奇怪你怎么会有我现在的手机号码，是他们要你打来的吧？”贵贵说：“啊，也算是的啦，对了，你还不知道吧，叔叔就要调公安局当局长了。”

我冷笑着说：“你倒是比我还清楚嘛！”

我一把挂了手机。

林林问：“他都跟你说些什么啦？”我说：“没什么啊。”

林林说：“看上去我家宝贝像刚被他欺负过似的。”我说：“他欺负我？他能欺负我？”林林说：“跟你开玩笑的啦，你瞪着眼睛干吗？你不乖，不是好小朋友。”

我说：“告诉你一个秘密。”林林说：“呀?！你居然还有没告诉过我的秘密?”

我说：“贵贵的小屌只有三厘米长，哈哈！”

林林说：“苏厉！”

我说：“怎么啦？”

林林说：“你在跟我胡说些什么呀?！”

我说："还是我的大，对吧？贵贵还问过我，小长度和大长度成不成比例，我告诉他，太不幸了，偏偏还就成比例，啊哈哈！"

林林说："你疯了！你不要再说了！"

我笑得上气不接下气："好累，先去睡了。"

85.

我再一次对环境感到厌恶，连身处其中的记忆都让我感到厌恶。

我第一次对于环境不满，是离高考只有一个月的时候。

我想认真做题，教室里却总有几个机关子弟在作怪。事后我知道，这几个人家庭条件也不怎么样，为了让他们读个大学，他们家把棺材本都用上了。

我非常介意当我想努力做成一件事的时候有人来打扰我，让我增加无谓的成本，我把这视之为侵略。

我之前也不爱学习，但我的优点是我不爱学习但也不会去打扰那些爱学习的人。

道理很简单：学不学习，都是自己的事，成绩好与坏，都是自己的事。

那群傻逼还以为我跟他们是一伙的，这事忒搞笑，我根本就看不起他们。

不仅这群傻逼，后来又陆续有很多群傻逼把我当成他们一伙的，以至于我都怀疑自己是否真的是傻逼了，或者，身上带有某些跟他们形似的特征，当然，这也可以侧面印证我是个多么阴险的家伙，别人总把我当朋友我却嫌他们嫌得不得了。

是的，不管怎么样，我都不喜欢懒惰，愚蠢，还喜欢作怪的傻逼，因为，你们丑陋，你们连邪恶之美都没资格拥有。

86.

慢慢地，有些事情就自己找上门来。

这天还在上班路上，阿姝打电话过来了："快到公司了吗？"我说："还要十分钟，怎么啦？"阿姝说："有客户找你，你快点来。"

我撒腿就跑。

看见等我的人时，我还真认不出来他是谁，但仍像看到分离已久的亲人一样，老远就激动起来："哟，您来了啊，不好意思，让您久等了。"他说："你就是苏厉吧？"我点头点到脖子咔嚓作响："正是正是。"

别的公司还门可罗雀，新地公司就热火朝天如工地，我站在中间指挥来指挥去。

老钱和小成坐在角落里干坐着，掀着衣服，彼此比肚脐眼的大小。

萧哲回来，很是高兴，搂着我肩膀说："逛逛去！"我也搂着他的肩膀说："走！"

小安跟在我们后面，颠着小碎步，说"也要逛逛去"，被萧哲一嗓子吼回去了。

87.

萧哲越来越明显地开始走近我。

人和人的缘分确实奇怪，第一眼就决定了。

萧哲是个狂热的游泳积极分子，带我游遍了全长沙可以游泳的地方。

游泳是一件很让人享受的事情。在泳池游累后，上岸坐在躺椅上抽会烟，然后跳下去继续游，游完后，甩甩头发，一身清爽地去喝酒吃饭。

在钱的方面，萧哲总是照顾我，从来都是他买大单，我只跟在后面花点小钱，买点烟啊零食啊什么的。

这一天我们在北城游完后，兴致高涨，一路聊天一路步行到南城吃饭。

他感叹说："生活是一个什么东西？生活啊，是一个很生活的东西。"他突然目光如炬地看着我，说："苏厉，你小子有前途。记着我一句话：人在江湖走，要么牛逼要么傻逼，绝对不存在第三种逼！"

我本来低着头，听到这话，抬起头，看见前方灯火辉煌。

88.

迷迷糊糊间，我不知道我到了哪里。然而是很熟悉的场景。我似乎不止一次来过。

举目间，太阳真大，晒到世界无声。

闭着眼睛，眼球就能看见一片红得异常纯粹的糊糊，那是眼皮里流淌的鲜血。

这种视觉让我醉醺醺了好一会儿，等再睁开眼时，左眼跳了跳，右眼也跟着跳了跳。

我看见两个男人在缓慢地打架。一个高个子，一个矮个子。他们的动作像电影里的特技慢镜头。

我看见那两个男人离我越来越近，然后高个子躺在我脚下，四肢摊开，面无表情地看着我。

他指指自己的脑袋，说："痛!"

我说："你看着我干吗？我又不认识你。"他说："是你打的我。"我说："我没打你，我是看热闹的。"他说："看看你自己的手。"我把我的手从裤兜里掏出来，发现五指染红。我说："这是怎么回事?"他说："你闻闻。"我就闻了闻，闻到了呛人的腥味。

原来人血跟其他动物的血一样，也是腥味浓浓。

我心里突然很紧张，就假装笑嘻嘻地说："你骗我，因为你身上都没有血。"他要我凑近点，我就凑了过去。他使劲看着我，看着我，脸皮突然爆开，血一股股地往外冒，他努力扯着自己爆开的脸皮，抽搐着说："现在你满意了吗?"

我惊得跌到地上，爬起来仓皇而逃，爬到一个水龙头前，拼命洗手。拼命洗，要洗掉那些血。我不是凶手!

水龙头下，那些血像被唤醒了的爬山虎，顺着我的手往上蔓延，我看着它们蔓延到了我的胳膊上，又看着它们如潮水般拥挤到了我的胸膛上，正在这时，脖子火辣辣地，它们开始爬上来了，冷冰冰的它们已经伸进我的嘴巴里了。

我仰天跪地，一边抠喉咙一边哽咽："救救我，救救我。"

我知道我又到了一个梦里。可是我出不来。

顺着空气，由远至近地听到有个熟悉的女声在"叽叽喳喳"说话。我一下醒过来，连忙抓了一张床头的纸巾，躲在被窝里擦眼泪。

林林放下电话，翻身趴到我身上，紧紧握住我的手，问："又做噩梦了?"

我说："你刚才是在打电话么?"林林说："是啊，张影打过来的，她和李飞吵得一塌糊涂。"

从梦境哽咽回现实的感觉是如此之好。有林林在身边，是如此之好。

在属于过去的梦境里，有许多我不喜欢的理所当然。在长沙的现实里，我喜欢的理所当然多些。

理所当然是这么个状态：

父亲在我这么大的时候，基于他的工作职责，要么忙着发放避孕套，要么查超生的孕妇，这是理所当然的。

我在我这么大的时候，坐着火车到了长沙，一觉醒来发现林林正紧紧握住我的手，我想要和她做爱就可以和她做爱，想怎么亲她就怎么亲她，这也是理所当然的。

让我喜欢的理所当然应该会越来越多的。

我这样想着，又慢慢睡去。这一觉，我睡得很安稳。

89.

中午，有一个男孩来找小安，小安放下盒饭出去，嘀咕了半天，一个人回来，接着吃饭。

我问小安："怎么不介绍你男朋友?"小安说："都没有男朋友，拿什么跟你说。"

我说："刚才来找你的那个人不是么?"小安说："原来你也喜欢瞎猜。"

90.

回家时，我拐到沃尔玛买了一只烤鸡加一大瓶可口可乐。

掏钥匙开门时，听见门缝里流出一阵接一阵的哭声，但不是林林的，倒像是张影的。开门后，果然看见是张影在沙发上哭，林林坐在旁边给她递纸巾。张影见我回来了，就对林林摆摆手："我走了。"林林说："留下来一起吃吧。"我也附和着说："对啊，张影，一起吃吧。"

张影摇摇头，看着我说："苏厉，再见。"和林林交换个眼神后，我对张影说："我送你下去吧，楼道里没灯，挺黑的。"张影说："不用了，你们快吃饭吧。"一边说，一边起身往外就走。

等我放下手里的东西转过身来时，就看着她一点点被楼梯间的黑洞吞噬，只剩下脚步声和手指与扶手摩擦出的声音，随即也消失了。

关上门，林林扑到我怀里环着我说："我的天，你终于回来了，你一回来我就不害怕了。张影都在这哭了小半天了，把我们家的风水都哭坏了。"

我说："怎么了？平时见张影挺内敛的，今天哭成这样。"林林掰着手指头说："你都不知道，她今天把所有的东西，手机、钱包、手表、项链、耳环、存折啊什么的，如数摆在寝室桌子上，我们都以为她是去自杀了，正担心着，结果她又笑呵呵地回来了。我们旁敲侧击地询问她，不料她反而直接问'你们以为我去自杀了是吧？'搞得我们还怪尴尬的。"

我说："她到底怎么啦？眼珠子都不会转了，跟死人似的。"林林说："大才子居然一边喜欢张影，一边又残酷地爱上了社会上一个四十多岁的妖精。"

我表示惊叹："口味很重嘛！"

林林白了我一眼，松开我："要是你也同时喜欢上两个女人怎么办？"我拧开可乐，说："那就娶两个老婆呗，还能怎么办？"林林拿着两个玻璃杯，绕过桌子来追着我问："那要是喜欢上三个女人呢？"我说："那就娶三个呗，说吧，你愿意做我哪个老婆？"林林躺在沙发上，一脸猫笑："你最喜欢哪个老婆我就做你哪个老婆。"我辩证地分析了一下："大老婆太老，太老了手感就不好；小老婆太嫩，太嫩就不懂事；只有二老婆调教得恰是时候，又有魅力又能当贤内助，嗯，那你就做我二老婆吧，好不好？"林林从沙发上爬起来，做了个剪刀手："好你的头啊！你只准娶我一个，你要敢娶别人，你看着我，你看着我，我就会这样咔嚓！咔嚓咔嚓咔嚓……福尔马林都给你准备好了！"我在桌上垫上报纸，把烤鸡放在上面，小心翼翼地把包装撕开，说："尤娃娃，别咔来咔去了，快去洗手！"

别的女人是水做的，唯独我的林林是福尔马林做的。

91.

伴着哗哗的流水声，林林一边洗手还一边唠叨。

我不理她，走到窗前拉开窗帘。

大地之上，浮起万家灯火，一直斜斜地浮上去，把天地连住。看着这些灯火，会让人产生幻觉，似乎眼前的这座城市没有了钢筋水泥，而仅仅是由柔软的灯火组成，柔软到整座城市都会随夜风飘荡。当城市飘荡时，又能依稀看见黑黑的云层还在头顶上很有层次地滚动。

扭回头，林林正站我身后，越过我的肩膀往前看。

我推了推林林："开餐咯。"

鸡肉是个好东西，含在嘴里它就会"唰"地自动滑下去，一直柔顺顺地滑进胃里，整个人就踏实了；可口可乐也是个好东西，辛辣而有质感，闷下去，一路让食道保持清醒。

我和林林埋头苦干，一口鸡肉一口可乐地轮回。

我越来越有智慧了："肉比蔬菜好吃，所以说，长着腿的东西就是比不长腿的东西要好吃！"

林林一边舔手指一边说："是啊是啊，我都吃出肯德基的味道来了！"

把最后一块鸡胸脯肉消灭后，林林站起来："我来收桌子？"我摆摆手："摊着吧摊着吧。"林林伸手去打理："太乱了。"我握住她的手："乱就乱吧，这么神圣的时刻，怎能用来做家务呢？坐着别动，好好消化。"

白炽灯下，隔着吃饭用的小圆桌，我们相视而坐，用眼睛交流，如老夫老妻。

林林下面穿着我的篮球裤，上面穿着我的格子衬衣，乍一眼看去，像裹着两个松垮垮的编织袋。我又朝地上瞥了一眼，她35码的小脚丫子下踩着我47码的拖鞋，有二分之一个脚从拖鞋前端露了出来，大脚趾还得意地扭来扭去。

林林双手叉腰："看什么看！"

说这话的时候，她随意扎在脑后的头发有好几缕垂了下来，反复掠过鼻尖。林林抿嘴仰起小脸，用手捏住那几缕头发，扒拉到耳朵后。

我说："你又没戴胸罩？"林林说："在家戴胸罩干吗？不戴胸罩才有生活气息！生活，你不懂了吧？"

我点点头："你这个死不悔改的家伙！上面穿着我的衬衣，下面套着我的篮球裤，里面，该不会还穿着我的内裤吧？"

林林“扑哧”一笑，她说：“衬衣是苏厉的，篮球裤是苏厉的，内裤也是苏厉的，可是这些，连同苏厉这个人，都是林林的。”

92.

我说：“我开始喜欢长沙了。”林林说：“喜欢它什么呢？”我说：“喜欢它的破乱气息。”林林扁扁嘴：“还以为你会说出些有建设性的话出来。”

林林嗫嚅一阵，问：“你是不是要回去了？”我有点莫名其妙：“回去？”林林说：“你那天和你爸的电话我全都听到了。”我说：“那是逗他玩。”

林林说：“一点都没想过？”我比划着说：“一毫米，一纳米都没想过。”

林林说：“那前阵子还那么恍惚？”我说：“现在不恍惚就行了。”林林说：“你上班上得怎么样了？”我说：“还不错。”林林说：“要不换个工作吧，我看那个工作确实不适合你。你昨夜又做噩梦了。”我摆摆手说：“踏实点，不换了，就从这个工作开始。”

93.

林林问：“贵贵那天到底在电话里跟你说了什么？”我原原本本地把那个电话复述给林林听。林林说：“他平时说话就是这样子的啊。”我说：“是么？”

林林说：“你不觉得你和贵贵的关系很是奇怪吗？”我说：“不觉得。”林林说：“你看啊，在褐石，你理都不愿意理他那种人。在成都，你又跑他那里去玩，他和别人打架，你居然也冲了上去。你现在到了长沙，他打电话来，你又十分讨厌这个人同你联系。”

我问她：“能不能不提这个恶心的人了？”

林林说：“你其实根本不担心他被人打成什么样子，对吧？”我说：“他打成什么样子关我屁事啊？”林林说：“那你还上去帮他？”我“哼”了一声：“谁说我帮他了？”

林林说：“那你打什么架啊？还闹得退学。”

我不说话。

林林说：“你有事瞒着我。”

我站起来，做了几下扩胸运动：“女人就是敏感。”

林林说：“你那一架根本就不是为了贵贵而打的。”我没说话，继续扩胸。

林林说：“你是等你的处罚意见落定了才告诉你家里的，一开始并没有告诉他们，对吧？你完全可以不被开除，是不是？”我说：“不懂你的意思。”

林林说：“你真是这样做的？还说没瞒着我。”

我终于不耐烦了，面露狰狞：“现在不是挺好的吗，我们？”

林林摇着头说：“不知道，我真的不知道。”

我十分委屈：“你怎么能说不知道呢？我们都那么努力，也那么自由，想怎么过就怎么过。”

林林忽然泪如雨下：“苏厉，你不要怪我这样说。我真的不知道现在好不好。”

我说：“你不知道我们现在好不好，那你说我们现在幸不幸福？”

林林走过来，扑到我怀里：“是的，很幸福。”她的眼泪全沾在我的胸膛上。

94.

她居然说我是一个“可怜的孩子”。

我心里说：“亲爱的，你错了。”

95.

莲蓬头下，我和林林贴在一起冲澡。

林林仔仔细细地打量我，她说：“我要看清你年轻的脸，年轻的胸膛，年轻的手臂，年轻的腿，我要记住它们年轻的样子，它们组成了你年轻的身体。”

她说：“这就是你。”

她说：“你自已也看看。”

96.

我用浴巾把林林包好，抱起来，任长发飘动，遮住她一半嘴唇。

走出卫生间，走进卧室，把她摆在床上。

把台灯调到最小，调到只剩一圈发红的灯丝。

把身体揩干，走过去，揭开浴巾，平躺在她身旁，我们一起听闹钟“咔嗒咔嗒”往前走。

我慢慢扭过头去，亲她的脸颊，亲她的脖子，亲她的耳垂，亲她的头发。林林侧过身来，左手勾住我的脖子，右手搂住我的肩膀。

短短地亲嘴，长长地接吻。

一语不发地开始极细致极紧密极安静极干净地做爱。

我看见风筝升起在远方，我听见耳旁树叶沙沙，我闻见四周庄稼芳香，我感觉正午的阳光洒落在我的脊梁上。

最后的力量将要喷薄而出，我醉醺醺地撑起上身：“让我出来。”她像蛇一样缠上来，贴住我的胸膛，把我拖下去，闷声说：“就在里面。”

赤身裸体，腾空而起，以寻死的姿态，飞向沸沸扬扬的太阳。

“扑通”一声，我们摔进一条热乎乎的河里，在粼粼波光中顺流而下，漂向一个静谧的河湾。

97.

我说：“我觉悟了。”林林问：“你觉悟了？”

我说：“是呀，我觉悟了。”林林说：“觉悟什么了？”

我问林林：“我是谁？”林林说：“你是小朋友。”我用力压了压她：“严肃点。”

我说：“我就是一个女娲娘娘捏出来的，身体强壮，智力上等的年轻人，这就是我最真实的身份。”

我说：“听明白了没有？”林林说：“依稀明白了。”

我说：“其他如名字啊，户籍啊，政治面貌啊什么的，都是外在的皮毛。”

我说：“有些东西我确实没拿到手，但反过来想，那也不是我的损失，我从来都没有损失过什么。”

林林说：“你继续说。”

我然后说：“一切都干干净净了，就好像重新出生了一次。我突然发现，唯一要尽的义务就是赚钱。好像玩牌一样，以前都是玩假的，从现在开始，就是玩真的了。对我而言，这就是幸福，嗯，举个例子，就好像大病痊愈的人重新拥有正常生活的那种幸福。我现在有事可做，而且我想做，这就叫做幸福。”

林林说：“没错。”

我把头抬起来，对着她的眼睛说：“生存是残酷的，你如果想好过一点，只有让自己成为牛逼。你要坚信我一定可以凭自己做到，一定要坚信。”

说完，我一蹦而起，像只硕大的章鱼，趴到窗户上，再一次面对万家灯火。

对着林林表达完后，我很高兴，我觉得我的现在是我的过去的延续，而不是将就与凑合。

林林问我：“要不要给你爸妈打个电话?”我回眸浪笑：“给他们打电话干吗?”

98.

今天小成故技重施。

他业绩很差，连抽烟的次数都少了，时不时扫描着外面的人，恨不得抓两个进来蹭上两把。这三个顾客也是小安拉进来的，进来后根本没理睬小成，直接就招呼我过去。

我刚坐下与其中一个寒暄，小成也坐下来和另外两个套近乎。我暗地里拿手肘捅了小成一下，小成就闭嘴了。他知道我的意思，可他仍然不甘心把屁股挪开。

我对着那三个人笑一笑，把脑袋凑到小成耳边，说：“滚!”

小成白着脸起身就走了，我连忙招呼他回来，然后贴着耳朵对他说：“滚远点!”

小成再没出现过了。

99.

长沙最繁华的商业中心是五一广场。

五一广场斜对面的友谊大楼上挂着一个号称全亚洲最大的电视墙。

正值新闻联播时间，国家领袖刚挥完手，国际友人武藤兰就笑嘻嘻地跳了出来，用她美丽光洁的裸腿擦亮长沙人民的眼睛。

第二天《潇湘晨报》报道说这是因为“临时工操作失误”。

这座城市就能发生点别的城市发生不了的事情，有神经的地方才会有天才。

100.

罗主持就是个天才。

罗主持是湖南人民广播电台经济频道的一线主持，言辞犀利而见解独到，他主持的《心灵之约》是整个湖南省内最受学生欢迎的节目，罗主持因此受到无数年少心灵的倾慕。

林林经常把罗主持当教材，用来教育我这个花心大萝卜。

林林说：“罗主持十年前对他的女朋友说他会娶他，十年后，他做到了。”

我说：“真的?”

林林说：“他自己在婚礼上说的。”

我的看法和林林不大一样，我觉得伟大的不是罗主持，而是罗主持的女人。十年前爱上罗主持这种野兽派的男人很容易，十年后，还能爱着没有一丝一毫变化的罗主持，那就太不容易了。

十年间，多少精致的，优秀的，踏实的，现实主义的生殖器在这个女人身边晃来晃去，她就是不动心。

所以，不是罗主持娶了她，而是她嫁了罗主持。

于是，轮到我反过来教育林林了。

101.

我问林林：“电磁炉、电饭煲、宽带，一共得多少钱?”林林说：“差不多一千吧。”我从口袋里掏出一个信封，笑逐颜开地交给林林：“这里是一千二百块，我们发工资了，该买的买，该开通的去开通。”

林林把那一千块钱花掉后，我打量着我们的家，很满意地点点头：“是的，幸福，就是这样一滴一滴积累出来的。”

林林是我的女人，我就要先让她吃饱吃好。这事不需要什么道理，是我的上辈人遗传下来的血脉精神。如果说一个人要靠信仰撑起来的话，这就是我的信仰，而且是我在这个现实中最后的信仰。就靠这个信仰，我们相濡以沫地生存在这个庞大而陌生的城市里，我们一起举刀，妄图抵挡住生活的进攻。

102.

林林在家做的第一顿饭是土豆炖牛肉。

对着菜谱做的菜就是不一样，我以前吃的土豆炖完后都是绵软的，林林居然炖出脆硬的土豆来，厉害！

好在她踌躇半天，还是倒回锅再炖了一次。

吃到一半，我指着门说："一个月后，这扇门里将会走出两个大胖子。"

借着土豆和牛肉的力量，床铺又嘎吱了大半晚。

103.

不上班的时候，我们会慢悠悠地走上一公里，到湘潭米粉店去吃早饭，我吃面她吃粉。开米粉店的奶奶手脚麻利，一见有人上门了，就左手下面或下粉，右手同时舀汤，不仅速度快，而且好吃，最重要的是看上去很清澈。小区附近有长沙本地人开的早餐店，可长沙人煮面从不煮熟，搁开水里打个滚，就捞了出来，每次都吃得我很艰难。除开这家早餐店，旁边还有一家津市牛肉粉店，林林看见那个肢端肥大的，以慢动作示人的，撅个大屁股顶来顶去的阿姨就有踹她的欲望，人浑浊，牛肉粉于是也跟着浑浊，只吃过一次就再没去过了。

我吃面速度极快，几口吃完后就开始抽烟，林林连四分之一碗粉都没吃完。她吃粉时喜欢一根根地夹起来，然后在筷子上缠啊缠，再左手拢住头发，右手把粉送进嘴里，极其乖巧。

这天来了仨人，一老头一老太外加一丫头。

老头牛气冲天："说吧，想吃粉还是吃面?"丫头说："吃面。"老头就对奶奶说："那就来一碗面。"奶奶把面端上来后，老头就嘀咕开了。原来这丫头是从湘南一个小县城来长沙走亲戚的，早晨带她出来买菜后，原本打算回家吃早饭的，丫头临时看见米粉店的招牌，就非要到这里吃。

老头围着丫头："吃吧，别到时说到了叔爷爷这儿还吃得不好。"老太也围了过来，对丫头说："吃不完就不要硬撑。"丫头一边大口吃一边忙不迭地点头。老头说："对，对，你吃不完就不要硬撑，叔爷爷来吃就行了。"老头和老太围在旁边嘀嘀咕咕个不停，聪明的丫头吃得更快了，老太见状，对老头说："要不还是给你来一碗吧？"于是奶奶又端了一碗面过来，老头也开始吃，一边吃一边把面夹了一半给丫头。于是的于是，奶奶再端了一碗面过来，老太也开始吃起来，一边吃一边把面夹了一半给丫头，一边还抽空对米粉店奶奶说："其实我不是很喜欢吃面。"

奶奶递给老太一张纸巾，老太说不用，说完，掏出一个绿色的塑料袋，往嘴上抹了抹，又塞回兜里。

老头老太站在奶奶身旁，使劲问丫头："吃饱了吧？"丫头使劲点头。

他们仨走后，我和林林也手挽手地走了。

104.

沿着湘江散步，碰见了李飞。

我说："好啊。"他说："苏厉，林林，好呀。"我说："干吗呢？"他说："不干吗，你们呢？"我说："好久没来江边了，今天休息，随便走走。"

打完招呼后，我又和林林接着往南走，橘子洲在江水里和我们并列前行。

江边站着一排男人，他们模仿国家领导人的语气，轮流用做作的颤音对着滔滔江水发号施令，其中一句格外醒耳："中中中华，人民共和国国国，中中中央，人民政府府府，今天，成立了了了！"

我研究了一会："这不就是湖南卫视的《晚间新闻》里说的那些人吗？最大的乐趣就是模仿领导人说话。"林林说："是啊，长沙这种人可多了。"我皱皱眉头："回去吧，我实在走不动了。"

林林不满意了，回头看着来时的路："才走了这么一点，我还以为我们会走到猴子石呢。"我说："一周才休息一天，你就放我回家吧。"

林林拿我没办法："好吧好吧，下次再来。下次一定要陪我走到猴子石。"

105.

林林挽着我快快地往回走。

路过来时遇到李飞的地方，我首先注意到的是堤坝上竖着三三两两大声嚷嚷的人，顺着他们的方向，隐约看见江里有两只手在扑腾。我莫名紧张起来，林林问我：“是不是李飞掉下去了？”

把零碎塞给林林，我跑到前边，滑下堤坝，脱鞋入水，游到落水人旁边时，看清楚了，就是李飞。

我伸手拉住李飞，不料，李飞像只吸盘一样，瞬间就吸在了我身上，然后踩着我的胯骨，像爬树一样往我的肩膀上爬。我被他踩进水里，一口气没换上，呛得满肺都是水。我就想冲到水面换口气，可李飞越爬越高，像个巨大的肉瘤一样，团团裹住我的脑袋。

他愿意用两条性命来换取瞬间的空气。

我憋着满肺的江水，使尽蛮力，才把他从我身上拔下来，然后远远地用手掐住他的脖子，带他往岸边游。林林趴在了滑溜溜的堤面上，我和她一起努力，才把李飞给倒着弄上堤坝，随后我也在林林的帮助下爬了上来。

我挥挥手，吆喝一句：“没事啦！”看客们于是嘟囔着满是牢骚地离去。

江面恢复平静。

拍醒李飞：“大才子怎么今天开始玩水了？”李飞说不出话来，用手指指着我，然后又用手指着湘江。我不明白他是什么意思，拍着他的背，说：“别着急，有话也要慢慢说。”

李飞看着湘江的时候眼神恐怖，我以为他有“后遗症”，于是告诉他别看湘江，“你不看它它就不存在了。”这一招果然管用，他只要不看湘江，立即就平息下去，能说话了。

他张大眼睛给我们描述出一幅骇人画面：“张影还在江水里挣扎！她很痛苦！”

林林松了一口气：“张影怎么会在里面？你是吓着了吧？”

李飞表情怪诞：“对，她不在里面，我们赶快走，赶快离开这，不要回头。”我站起来，看了看依然平静的江面，朝林林扮了个鬼脸：“大才子被水呛糊涂了，来，我们扶他上去吧，在这儿待着怪傻的。”林林忍住笑，也站了起来：“走。”

李飞一边走就一边哭，我在后面拉住他：“哥们你没事吧？”李飞说：“别停，快走。”我就继续往上走，结果李飞又不走了，回过头来看着湘江，对我说：“难受。”然后咔嚓掰折了自己的小拇指。

我一下愣住了。

一个极度绝望的女声传来，是林林变了调的声音：“苏厉，张影不会真在里面吧？”

江面愈发平静。

106.

我撒腿往江里冲。

林林死活拖住我，说：“苏厉不要去，不要去，你自己都不成形了！”我说：“张影还没死。”

用力甩掉林林，我一个踉跄，重心不稳，跌回湘江。

再次回到江水的怀抱，我知道了它的黏稠。

亲爱的，一切都太不可能了。

费力地向刚才的位置游去，深呼吸了一口，潜入江中。睁开眼睛，浑浊的江水让我的眼睛很痒，我确认自己已经潜到江底，但什么都看不见，抬头一看，世界熄灭，只剩模糊的一片白光，我已经离林林太远了。一阵绝望，转身就往上游，想离开这可怕的江底，游了一截，觉得还挺得住，又沉回江底。在江底孤单地摸来摸去，摸什么都像是摸在张影的身体上，越摸越害怕，刹那间似乎摸到了一缕头发，崩溃得彻头彻尾。

水从四面八方朝我灌来，我闭紧五官，使劲往上蹬。

遥远的水面。

鼻腔冲得生疼，意识发白，四肢机械地摆动着。

107.

醒来的时候，发现自己正面对蓝天。

林林见我醒来，一阵歇斯底里：“你要是死了怎么办？”

旁边围着很多眼睛，我问林林：“李飞呢？”林林说：“被警察带走了。”

108.

没多久，张影的尸体被打捞了上来。

她的皮肤白得吓人，四肢弯弯地翘着，已经不能平摊在地上了。

一堆人围着她。法警在拍照。

穿着制服的验尸官叼着烟，揪起张影的脑袋，拨弄一阵，猛然松开手，脑袋自由落体，“砰”一声砸在冰冷的水泥地上，砸得我的心陡然生疼。林林浑身一颤，泪哗哗地淌了下来。

验尸官聋子似的，头也不回地走了。

张影，这个昨天还和我说再见的女子，就这样毫无知觉地躺在地上，变成了一个物体。她脚上还剩下一只红鞋子，是“爱乐”牌的，逛街的时候林林曾指给我看过。这双鞋，在专卖店里卖138块，在一般鞋店卖98块，在株洲南大门市场的调货价是53块。

民政局的面包车运来了一个金光闪闪的装尸柜，张影，像一个睡着了的公主，躺在里面，被带走了。

109.

我和林林一起被带到橘子洲派出所。

科大的副校长来了，那是一个带有浓重体力劳动印记但又努力粉饰过的中年人，后面还跟了两个喽啰。

副校长一屁股坐在外面的椅子上，跷起二郎腿向林林问话。林林表情木然地一一作答。问完话后，林林起身走开，两边的喽啰围上前，满面堆笑地陪校长闲聊，聊着聊着话题就转移到校长脚上的那双异常惹眼的白皮鞋上。

一个喽啰说：“您这鞋子真有派头!”

他乐了：“是吗?”

随即他接了个电话：“哦，我在派出所，学生出了点事，对，等我回来……”

挂掉电话，他继续对喽啰说：“这鞋是别人从香港……”

他一点都不介意，张影是怎样的四肢弯弯地翘着，毫无知觉地躺在地上。

110.

从派出所出来后，林林抱着我使劲哭，她总是问同一个问题："你要是死了怎么办?"

晚上，林林全班同学聚集在了江边，点燃了很多蜡烛。蜡烛旁，是一些哭得不成样子的脸。

林林穿过黑暗，来到我身边，挽着我："苏厉，我们回家。"

111.

第二天，林林不准我去上班。

我向萧哲请假，萧哲说我这请假的理由不成立，一天要扣我 30 块钱。

我没当回事："扣吧扣吧。"

我知道林林很难过，她半夜躲在厕所里嚎啕大哭时，我睁着眼，对着天花板等她哭完。

你痛哭的时候，有我清醒着。请允许我隔着墙壁，用这种无能为力的方式慰藉你。

112.

三天后，林林问我："你什么时候回家?"

我正在厨房毛手毛脚地做晚饭，说："我就在家里呀。"林林说："你什么时候回褐石?"

我想了想，回答说："哎呀，今天的西红柿炒蛋，油又放多了，你不介意长丰满点吧。"林林说："你不要这样好不好?"我把电磁炉关掉，提着锅铲走进卧室。

林林跟进来又问："你要是死了怎么办?"

我差点疯掉："我他妈都活得这么通俗了，怎么会死掉呢!"

林林打断我："你还是回去吧，这样比较好。"林林说："我真的好害怕。"

林林说："我们这样下去一定会出问题的。会不会，有一天死在这个房子里都没人知道啊?"

我问她："怎么突然会有这种想法啊？"

林林眼睛慢慢红了，说："我实话实说，你不要生气，我觉得这段日子过得很艰难。看你在街上漫无目的地找工作，每天去菜市场买菜，时刻算计银行里的那么一点钱。我每天夹杂在一群大妈中，同菜贩子为着几毛几分而吵架的感觉真难受，我们还这么年轻，就要做大妈们做的事情了。这不是我们要过的日子。苏厉，我这样想，突然吗？在这里如果我们有什么状况，完全束手无策。"

林林说："你回去读书吧，一毕业我们就结婚，我们就到褐石或成都安家，那里才是我们的地方。在那里，我们对每一天都会有把握。"

林林说："你不要让我害怕，行么？"

林林说："你就当成是为了让我心安而回去，可以么？你一回去了我的害怕就结束了。你一回去，我就知道我的根在哪里了。你不能为我做这件事吗？你不愿为我做这件事吗？"

我逐渐回想起了以前被我忽略掉的诸多细节，被我忽略掉的林林的苦楚。我们吃了一个月的方便面。我们甚至以大白菜为主菜。林林不再逛街，不再告诉我杂志上哪件衣服漂亮，也不再要我带她去茶馆……这些细节和苦楚越来越多。我的双眼，开始不断渗血出来，顺着脸颊而下。我自己穿不好吃不好，受点气就算了，我绝不能让林林同我一起过这样的生活。

可是，我该怎么做？我能怎么做？

我只有往上钻，解救自己，而非救赎自己。

林林，让你受苦了。

可是，无论如何，我也绝不回去，走我曾摒弃过的路。

113.

从今天起，和林林说好一个星期不联系，她住寝室，我住家。

114.

接到一条短信，李飞说："谢谢。"

我没回，他也没再发了。

我知道他不想记住我。同样，他也知道我不想记住他。

115.

在火车南站旧货市场买的二手洗衣机完蛋了。

把它请回来的第一夜，我们就见识了它的疯癫。

这个“爱妻号”洗衣机活像只大青蛙，刚开始还只是一摇一晃，接着越摇越晃，到了甩干阶段，伴随着破铜烂铁丁零当啷的声音，整个机器胡蹦乱跳，简直就是在做布朗运动。林林在卫生间里忙不迭地撵来撵去。眼看撵不上了，眼看大青蛙要从卫生间里逃出来了，林林大喊：“苏厉快来。”我咆哮几声，冲过去跟大青蛙比内力，比着比着，肉力终究敌不过电力，索性拉着林林坐在它上面。昏暗闷热的卫生间里，林林躺在我怀里，说：“任何有趣的事情都能在我们身上发生！”

今天的大青蛙一动不动，光在角落里发出些兢兢业业的马达声，表示它已经尽力了。

尽力了就行了，我的兄弟，你不要自责，千万不要。

可惜林林没看到它的鞠躬尽瘁。

第四章

30 元，标在我额头上的价码

116.

湖南人把邵阳大曲称为“邵胡子”。我后来才知道，这种酒常用在邵阳当地人的丧礼酒席上。

今天是老钱和小安到家来吃饭，带了这个。一口酒下肚，我觉得自己变成了蒸汽机，天灵盖“呜呜呜”地上下跳动，耳朵“咝咝咝”地往外冒热气。回过神来，我眯着眼睛说：“这东西不错呀。”老钱看着我，嘿嘿嘿地笑了。小安从厨房走出来：“第四道菜，虎皮青椒。”然后擦擦手，坐在我身边，说：“本姑娘的手艺如何？”我拿筷子指了指：“特别喜欢你做的土豆。”小安问了个不需要回答的问题：“是吧？”我说：“怎么做的呀？”小安说：“把油烧红，先炒，放盐，炒香，然后加水进去，把电磁炉的火力调到中档，一直把水闷干，加葱花，这样就把土豆做成土豆了。”

老钱吃饭的样子有些难看。

我和小安是端着吃，老钱是把碗放在桌子上，左手下垂，扭曲脖子，嘴巴凑过去，一边盯着菜碗一边往嘴里像扫地似的扫饭，非常有节奏地“一二三”。咀嚼的时候嘴也不离开饭碗，依然贴着饭碗嚼来嚼去，依然盯着菜碗。嚼完后，嘴巴一咧，又重新开始“一二三”。

大脑容量不够的人往往用小肠容量来弥补，老钱起身去盛他的第五碗饭时，小安正给我传授“虎皮青椒”的做法，门开了，林林扶着门框站在门口。

我站起来，接过她的书包，问：“没吃饭吧？”林林看了看饭桌，说：“吃了。”小安也起身：“林林听完讲座了？”林林看了看我，说：“嗯，听完了。”小安说：“来尝尝我的手艺吧。”林林说：“好啊。”

小安坐到了老钱身边，林林坐在了我身边，非要把脚搭在我身上。

这顿饭很快吃完。

送小安和老钱下楼后，我慢腾腾地回家。一走进去，林林就在厨房里举着茶油壶抱怨：“小安居然在菜里放了这么多油，这可是茶油啊，她还真舍得。你看，苏厉你看，她把案板弄得脏兮兮的，又得大扫除一次，呀，居然还戴了我的专用围裙，我真是无语了。”我说：“好了好了，这顿饭我俩不是都有份么?”林林说：“什么嘛！难吃死了。”我说：“是呀是呀，尤其是土豆，被她闷得像泥巴，又难吃又没营养。你看你做出来的，硬梆梆的土豆多有口感多营养。”

林林说：“今天是第五天，我在寝室里越睡越不安心，以为你偷偷走了，所以跑来看你在不在。没想到你不仅没走，还有人为你做饭，活得挺滋润的嘛。”

林林伸长脖子，朝卧室里看了看：“没进我们的卧室吧?”

林林拉着我的手，看了又看：“我现在放心了。”

117.

科大有一个足球场，晚上是锁门的，我们从旁边的围墙翻了过去。

林林说：“我要背。”

我背起林林，顺着对角线走到球场的正中央，停住脚，把她放下来。林林说：“我这么重吗?”我蹲在地上，拍拍肩膀，说：“坐上来。”林林研究了一会，揪住我的耳朵就跃了上来。我说：“你揪我左耳朵我就往左，你揪我右耳朵我就往右，两只一起揪，我就跑。”

一个足球场，两个人。

我载着林林，时跑时停，时而俯冲时而盘旋，时而急转时而一路向北。我说：“高兴么?”林林挥着翅膀，说：“高兴，以后要经常这样，嗯，有那么一点韩剧的意思了。”

脚底生风，越跑越有劲，越跑越感觉筋骨舒展。

林林说：“太快啦！”林林说：“怎么不听我的指挥啦?”林林说：“慢一点慢一点。”

我故意往前一栽，林林立时双脚乱踢："要掉啦要掉啦！"

我慢慢蹲回地上，说："下来吧。"林林说："怎么下？"我说："还能怎么下啊？"她说："哦，知道了。"话刚出口，林林就往前一蹦，稳当当地站在了地上。她这一蹦不要紧，要紧的是我脑袋还在她胯下。随着她那充满活力的一蹦，我整个人都往前跪在了地上，屁股撅得老高，像一个倒插在土里的葫芦。我龇牙咧嘴："你怎么从前面下啊？"她低头看着我的脑袋，说："好像是不对哦？"我说："别站着不动了，赶紧让开啊。""急什么嘛，真是的！"林林拍拍我的脑袋，异常熟练地劈开腿，像生孩子一样把我脑袋生了出来。

我说："你休息一下，我还要去跑跑。"

就想跑，就想没来由地跑，一直跑完所有的所有。

汗不是流出来的，汗是从皮肤下涌出来的，耳朵都被汗蒙住了，听不大清外面的声音，倒听清楚自己一下接一下的心跳，我迷恋这种感觉。

跑到离林林很远的地方，我开始翻跟斗，翻跟头也不过瘾，干脆在空中左踢一脚右打一拳，还不够劲，那就用最原始的运动方式——打滚。兴奋地滚来滚去，真想大喊大叫，可又怕吓着林林，只好忍着不喊。

浑身草香味。

足球场四周没有高层建筑，我平躺在草地上，看见了大到夸张的完整星空。

我记不清上次这样奔跑是什么时候的事了。

林林在大声喊我的名字："苏厉。"我转个身，趴在草地上，说："我在。"

118.

林林不喜欢全裸做爱，她喜欢穿着各种上衣，然后光腚在我身上漫步。

她边做边笑："我们像不像两个小孩在玩游戏？"

本次射精极其暴躁，像是十亿雪球从喜马拉雅山上冲了下来。

119.

因为迟迟不归，我和家里彻底闹翻。

爸爸又变成了期货商，他说他要到《褐石报》上登个告示，宣布与我脱离父子关系。

这个无事自扰的庸人。

我仿佛又扭头看见了他们踟蹰着的样子，心痛得不得了。我对林林说：“他们让我恶心。”

120.

读到冯唐的一句话：“生命越来越长，鸡鸡越来越短。”

悲剧总是出乎意料的简单和粗俗，所以头脑简单内心粗俗的人永远也摸不到悲剧。

121.

到目前为止，我获得的最高嘉奖是老钱给我的：“苏厉，你不去搞一夜情，实在是太可惜了。”

老钱很喜欢跟我聊天，这大概跟我的无聊有关。

今天，他跟我大谈特谈社会。

我开始还点点头，后来就觉得有些怪怪的，本能地觉得他的思维有问题，虽没直接反驳他，但还是让他不开心了。

老钱的第一个观点是：中国之所以落后，皆因当官的素质低，都是靠拍马屁拍上去的。

这个观点我觉得不尽然，譬如我爸，从小学一直到高中一直到农校毕业，从来都是第一名，褐石乡发展得有模有样，众人不得不心服口服，褐石乡老大的位子他不坐谁有资格坐？

老钱的第二个观点是：有钱人其实也活得难受，还不如我们开心。

这个观点我没意见，我不是有钱人，我也不认识真正的有钱人，只是，我不喜欢老钱总把我和他用“我们”来代替。我隐隐觉得我和老钱成了“我们”后，我会被他拖累。

谈完了国内，老钱开始谈国外，猛烈抨击美国：中国人了解美国，美国人却不了解中国，可见，美国人太自大，太不知好歹了。

我忍不住了，问老钱：“你知道毛里求斯的首都在哪里么？”老钱说：“我知道它干吗。”我说：“那就对了，你不了解毛里求斯是因为你对那个国家不感兴趣，美国人不了解中国也就是因为中国没太多好玩的东西吸引他们。”

老钱没开口了。

我继续忍不住：“你了解美国什么？好莱坞，NBA，硅谷，还有其他的没有？知道‘五月花公约’么？知道‘辛普森杀妻案’么？”

老钱没有回答我，他反而告诉我：整个地球都不平等都不正常，所以地球就快爆炸了。

我倒是觉得从类人猿时期起，就平等就正常，虽然很多时候它都让我不喜欢。

什么叫平等？每个男人都只有一根屌，这就叫平等。

什么叫正常？每个女人都只有一道缝，这就叫正常。

林林朝我竖起大拇指，说：“哲学家，大大的哲学家。中国靠哲学家吃饭的‘哲学家学家’很多，但哲学家不多，算起来，总共就俩，一个是上海的周国平，一个就是长沙的你了，只是，哲学家，下次咱能不能不拿生殖器说事啊？”

我认为林林思想太不深刻了：“人之本身乃是所有逻辑的起点。”

122.

新来了一个技术员，叫小卢。一开始还觉得这人挺爽快的，关系打得火热，后来暗自叫苦，赶紧跟他断了关系。

此人有两个特点，第一，他是单细胞动物。别说大脑了，他连脊髓都没有，所以反应特别大特别直接，他一到哪里，哪里就热闹，倒不是讲笑话讲得好，而是他十分钟内平均要骂八十次“鸟你妈妈”，而且不是牢骚型的骂，是那种煞有介事地骂。任何事情一入他的法眼，就是“鸟你妈妈”。“鸟你妈妈，今天怎么这么热？”“鸟你妈妈，今天怎么这么冷？”“鸟你妈妈，今天怎么不冷不热？”所以这个人的出现总是让气氛紧张，谁都担心会被他骂上。即使大家一动不动，听他在那里骂，但心里毕竟不舒服，总觉得好像是在骂自己。小卢的包掉地上了都没人愿意帮他去捡，要是万一你捡的时候他恰好从外面回来了，那首先就是一句“鸟你妈妈”，虽然接下来他会感谢你，但那句“鸟你妈妈”却已经当礼物送给你了。

第二，他异常不知趣。小卢喜欢摸别人脑袋，开始时和他不熟，还没什么事，和他熟了之后，就后患无穷，每天都要摸我脑袋，后来我板着脸了，他才罢手，转而一边搭讪就一边去摸萧哲的脑袋，萧哲“唰”地一下，脸就青了，有一种失去贞操的愤怒。但碍于面子，仍然当什么都没发生，于是小卢的手也不退缩，就那么在萧哲的脑袋上摸着，我替小卢捏了一把汗，生怕萧哲把他给吃了。萧哲终于忍不住了，转过头来，把小卢的手打掉，很莫名其妙地问：“你干吗?”小卢也面露惊讶，他倒觉得是萧哲莫名其妙：“不干吗啊，摸摸啊。”又甩着屁股走了。

过一会，我和萧哲聊天的时候，小卢又来了，正要伸出手摸萧哲的脑袋时，萧哲瞬间扭过头，直视小卢，希望凭自己强大的气场把小卢逼退，小卢也爆发了小宇宙，居然照样用手去摸萧哲，萧哲使劲盯着小卢，以便让小卢明白自己在做什么，小卢倒也明白自己在做什么，所以仍然摸个不停。萧哲知道这回碰到二百五了，谁都惹不起二百五，赶紧坐到我们几个中间，脑袋靠着墙壁。过一会，小卢又来了，依然不知道萧哲十分不高兴，反而要我们让让，左拐右拐拐到萧哲身边。

我担心出人命，索性闭上眼睛。不过，这个萧哲居然还就认了。怪事。

他们说，萧哲的脑袋到底还是被小卢给摸到了，而且被摸得一点脾气都没有了，只知道一个劲地笑。

他们说，萧哲不会被小卢给摸傻了吧?

123.

伴着小卢最钟情的《两只蝴蝶》，我提着块新上市的显卡要他去刷BIOS，想知道刷完后性能有多大提升。当时只有外面那台破展机可以用，小卢瞪我一眼，说：“展机太破，怕刷坏这块卡”。我说：“不会的，它又不会死机。”他看着我，问：“刷坏了你负责?”我尽量微笑，说：“当然。”结果他拿起卡一溜烟就跑掉了，我猜他是去找萧哲告御状了。没问题，因为拿卡之前我已经告诉萧哲了。

小卢回来，不嚣张了，蹲在地上就把展机关了，准备刷卡。我从后面凑过去，听到他正自言自语："刷死你。"我又悄无声息地退回来坐在椅子上了。

月底算绩效的时候，我有一单的利润只有30块。我很莫名其妙，一查单号，这一单利润应该是200多一点。阿姝翻了一下账单，告诉我说："的士费扣了近200块。"我就奇了怪了，这200块的士费是哪里冒出来的。

去找萧哲，萧哲说："忘告诉你了。"

那台机器是小卢装的，装完后客户就提回去了。快下班的时候，客户打电话来了，火气颇大，说这破机器总死机，要求赶紧来人维修。小卢折腾到灯火阑珊时分，把客户家的热水都喝了三壶，还没能让机器正常起来。客户不干了，要小卢立马打的扛回公司修好再送回来，小卢居然就真的打的把机器带回公司来了。七七八八换了些配件后，又打的送回去，结果死机死得更彻底。客户怒不可言，当即就把电脑连同小卢一起扔了出去，小卢于是又打的带着电脑回来。第二天把问题彻底解决后，最后一次叫了辆的士又送了回去。

我问萧哲："的士费凭什么在我的利润里扣?"萧哲说："算了算了。"我反问："那下次再出现这种事怎么办?"萧哲装作没听见，转身又出去晃悠了。

例会上，我把这个问题提出来了。话还没说完，小卢就用他的常德德语叽里呱啦地喷唾沫，我听懂了一半，大意是怪我用了些邪门配件所以才会出此问题，然后他又代表全体技术员，警告我以后要用规矩点的配件，不要让他们为难。我堵得慌，跳过去和他辩论。萧哲一看架势不对，从后面抱住我，把我勒得肋骨生疼。我脸都紫了："放开我。"萧哲说："别冲动。"我投降："我不和他吵了，你快松开我，勒得太紧了。"就在萧哲要放开我时，小卢摸了过来，夹着劈头盖脸的大骂，扇了我一耳光，半边脸顿时如涂了辣椒一般。

我呆住了，而小卢继续用德语对我进行人身攻击。

直到他像个胜利者一样说了句："鸟你妈妈!"

我的脚像发射的火箭一样踹在小卢的肚子上，0.5秒钟之内，小卢就从众人眼皮底下消失了。

大家面面相觑，找了半天，总算在刘大爷椅子底下找到了死鱼一样翻白眼的小卢。

刘大爷坐在那里，哆嗦着先看我一眼，再俯视一下在他胯下呻吟的小卢，烟灰哆嗦得满地都是。

124.

摸着被打的那半边脸，我写了一封长长的检讨，并被扣了 200 块工资；小卢则因为尿血，额外获得半个月的假期。

阿姝要我让着点小卢。她告诉我，萧哲和小卢是有历史关系的。难怪萧哲的头，小卢摸得。

萧哲以前在滦弯镇的职业介绍所给大卢老板打工，专门骗从乡下进城来找工作的农民的钱。农民到大卢那里满怀希望地交上 50 元报个名，萧哲就躲在桌子下面拼命翻近期报纸上的招聘广告，找到合适的，就写在纸条上递给大卢，大卢再咋咋呼呼地开一张推荐信给农民。

不过我决定坚持住。

我已经知道了这是个守恒的世界，守恒的本质就是“傻逼牛逼守恒”。

萧哲说得不错，这个世界上只有两种人：牛逼和傻逼。不过他没领会到，上帝让牛逼和傻逼是相对平衡的。一个人要傻逼很久，这个世界才会把他当牛逼看，其实他早就牛逼了，但世界就是要故意把节奏拖后点；同样，只要一个人牛逼了，即使他事实上已经沦为傻逼，但世界还是会把他当牛逼看一段时间。除开盖茨那种少数人能一路高奏牛逼歌以外，我们这些人，都在傻逼与牛逼间做钟摆运动，幸好它是守恒的，所以我们才不会绝对的绝望着。

如果我不坚持下去，即使我已经牛逼了，他们还是会把我当傻逼。

我一定要坚持到他们知道我牛逼为止。

125.

林林说我暴力气息太重，要我一定改改。

她从我第一次打架的事说起。

那是褐石中学开学报名时，在篮球场和堂兄苏严打了一阵球后，我这个走读生好奇地跑到我们班寄宿生的寝室去参观。这个寝室原本是上届的学长住的，我们这届入校后，学长们就搬到楼上去了。

我们正在论证要如何才能挂好蚊帐时，门被一脚踹开，雄赳赳地进来一个身材“高大”的学长——身高绝对超过一百三十公分，体重少说也有四十公斤。

学长从一号床的床底下拖出一个行李箱，从里面拿出一条短裤，又把行李箱塞了回去。寝室长是个老好人："学长，既然你们住到楼上去了，那就把这个箱子也一起搬上去吧。"他呸了寝室长一脸："谁敢动这个箱子我就揍谁！"

他提醒了我，使我总觉得我发现了什么，瞬间过后，我知道我发现了一个秘密：我可以打他。

我满脸羞涩地拦住他："你刚才说什么？"他说："谁敢动这个箱子我就揍谁！"我运了运气，伸手就给了他一个巴掌："再说一次。"他说："你打我？"我看了看自己的双手，惊喜地确认了这个事实："是啊，是我打你啊。"他说："你怎么可以打我？"我说："我也不知道，要不你再说一次刚才的话。"他说："谁敢动这个箱子我就揍谁！"我伸手又给了他一个巴掌："再说一次。"他说："谁敢动这个箱子我就揍谁！"我伸手再给他一个巴掌："再说一次。"

他似乎想通了，不说了，捂脸而逃："你等着，我喊人来打死你。"

等了好久好久，终于等来了，他首先探进个脑袋，看了看我，然后朝外面嚷嚷："还在还在。"让我心碎的是，他真的拉来了一大堆人，为首的是褐石中学唯一的国家一级运动员，一头名叫苏严的魔鬼。

苏严是个有返祖现象的人，浓毛一直长到脑袋上去了。

苏严指着我问他："你是请我来打他的吗？"他说："是啊是啊。"苏严伸手就给了他一个巴掌："再说一次。"他说："是啊是啊。"苏严伸手又给了他一个巴掌："再说一次。"他说："是啊是啊，我真是请你来打他的。"苏严伸手再给了他一个巴掌："再说一次。"他终于不说了。

我对林林说："无论如何，我也不能让一个傻逼在我面前充牛逼。"

126.

我认为我们应该要去买个新洗衣机，林林则认为我们应该把大青蛙修好。

花了八十块钱后，大青蛙活过来了，她又开始哼着歌儿在卫生间里撵它了，撵了一阵后，她背个手，乖乖地站在卫生间门口，突然呼天喊地："苏厉快来！"我冲进去，又冲出来："它还没癫狂啊？"

林林看了一眼，很不好意思："哦，那是我看错了。"

我嬉皮笑脸："是不是很喜欢这种依赖于我的感觉啊？"

127.

小卢在家忙着尿血的时候，我也没闲下来，心里不断在打架。想着要不要买点什么去探望他一下。

我自己心里一百个不愿意去，可是从我自小所受的教育啊，道德啊，道理啊等等方面来说，又似乎应该去。我不断琢磨着，总拿不定主意。

林林也来添乱。

这天和林林亲热到一半时，林林突然停止了哼哼，睁开媚眼，软绵绵地看着我。我还以为她想换个姿势，结果她问了一句："你要不要去看一看小卢?"我顿时软下来，同时恶心无比。

去不去探望小卢确实是一个避不开的坎。

第二天刚上班，三和公司那个平时总板着脸的家伙居然和我笑着打了声招呼。就因为这件小事，整个上午我的心情都不错，觉得满世界的人原来都是如此的可爱，几乎要成为一个唯可爱主义者了。于是决定做一个与人为善的人，下班后一定要去对面的超市买点补品啥的，心甘情愿地去看小卢，即使他用冷屁股贴我的热脸，我也认了。

到了下午，我越想越难受，主意又变了。凭什么要指使自己去看他? 他不扇我那一巴掌我会踹他那一脚? 我觉得犯不着整天跟做了亏心事一样老惦记着要去给别人道歉，犯不着整天要想着去体谅别人让着别人。

实在拿不定主意时，我就准备问萧哲。萧哲此刻正坐在我旁边，我把脑袋探了过去，话到嘴边却临时变了："中午吃什么?"

我还是要坚持住!

当林林又提及这件事时，我就冲她发了顿火："你到底是挂念我还是挂念他?!"

林林微张着嘴，奇怪而陌生地看着我，说："你真的变冷血了吗?"

128.

外面那些显示器放了快一个月了，是时候装回箱子了，否则白色的外壳一旦氧化，就擦不回原来的颜色了。这是个体力活，一般在上午顾客较少时完成。先拿出清洁膏海绵球刷子等工具，然后把显示器搬下来。一人负责一台，使劲擦，擦得和解放军叔叔的六零炮一样放光。

来了个长相很化肥的小伙子："请问这里招人吗？"我摆摆手，把别人对我说过的话说了出来："不好意思啊，刚刚招满了。"没想到萧哲却朝我使个眼色，对他说："进来吧，谈谈。"

一会儿过后，化肥男把显示器和工具从我手里抢了过去，说："您去休息吧，这里我来做就行了。"我纳闷地看着他，难不成萧哲真招他了？往后一看，萧哲正朝我招手，我过去坐下了。

萧哲边笑着看他努力，边跟我聊起来，教了我一招。

萧哲给他开的条件是："先干三天，这三天无工资，三天后再谈其他。"我正欣赏着化肥男动作夸张的辛勤劳动，听到这句话，我悄悄对萧哲说："三天之后他就滚蛋，对吧？"

129.

我向林林推荐一个小游戏。

黑暗中，我带林林爬上顶楼。

我说："要开始啦。"林林说："准备好了。"

我拉着她一路快速奔下楼梯，林林故意发出些让我怜香惜玉的尖叫声。下到家门口时，停了下来，我问："好不好玩？"林林说："好玩。"我问："继续？"林林说："休息一下。"我说："好。"

趁她不注意，用力一拽，她毫无准备地跟着我的步伐一路往下飞，这次不做作了，她的声音像是卡带时的录音机发出的声音。

130.

老钱今天回光返照似的煞是精神，摸肚脐眼的顽症也不翼而飞。

门外锣鼓喧天，老钱的爱人珍姐带着一个男人来了。老钱迎了上去，双手握着那男人的手："强四爷来了，欢迎欢迎，热烈欢迎！"

强四爷是省煤炭公司的一个干部，是珍姐的上司的上司。

强四爷坐下后，拍出一张清单，要老钱报个价格。老钱忙得上蹿下跳，足足磨了一个小时才把这些价格问清楚。强四爷扫了两眼价格，说："还行。"又说："就按这个价格，快把货拿来吧。"老钱顿时松了口气，搓了搓手，忙着催各个商家把货送过来。老钱忙得像只苍蝇的时候，珍姐就在那里陪着强四爷一茬接一茬地聊天，聊得强四爷笑声如雷，肉波荡漾。

货都凑齐后，老钱不知道从哪里摸来一张发票，给了强四爷。强四爷看都没看，直接塞进包里，拿出转账支票，填了数，推给老钱。全店上下就忙着帮老钱把这些货扛到楼下一层的停车场去。强四爷的陆巡等候在那里。

老钱热情洋溢地奔来跑去，大脑太激动脑干就容易失调，只听一声巨响，老钱趴在地上，摔得人都大了一圈，活像张巨型烙饼。珍姐站在强四爷身后，冷冰冰地看着她的男人。我放下手中的东西，把老钱从地上铲起来："没事吧?"血倒是没出，也不红不肿，就是人看来有些晕。我扶他到旁边坐下，开始装货。装好后，我没立即回公司，而是从停车场出口走了出去，在路旁的烟摊上买了包软白沙。一抬头，正好看见陆巡从我身边驶过，透过挡风玻璃，我隐约瞥见了强四爷的手搭在珍姐的肩膀上。

慢腾腾地回了公司。

老钱拍着我的肩膀说："今天真的是麻烦你了啊。"我犹豫着要不要把刚才看见的一幕告诉老钱，最后还是没能说出口，心想着："不要大惊小怪，这年头，你摸我我摸你都不算啥，要互相摸才算稍微有点啥。"

老钱还沉浸在刚才的幸福中，不断在我面前表示他对强四爷的景仰和崇拜。

老钱说："强四爷还在煤炭坝挖煤时，就到水库里戳甲鱼，戳到一个就送一个，把自己送到了现在的这个位置上。"我表示不屑："是么?"

我表示出来的对强四爷的不屑很是让老钱伤心。

老钱一遍遍说，一遍遍要我相信："强四爷是好人。"

我打断他："老钱，你脸上有灰，去洗洗吧。"

131.

煎豆腐的时候，林林回来了，她说："苏厉，今天我跟同学去逛街了。"我往锅里倒盐："嗯。"林林说："我看中了一条牛仔裤。"我往锅里倒酱油：

“哦，那你买了没？”林林说：“没买。”我往锅里倒葱花，说：“怎么没买啊？”林林说：“没带银行卡，口袋里没那么多钱。”我说：“那吃完饭我陪你去买？”林林高兴极了：“好啊好啊。”

吃完饭，林林带我来到一家商店门口。里面没有灯，黑着。林林趴在玻璃门上看了一会，对我说：“关门了。”

132.

林林晚上用游戏来发泄她的不高兴。我躺在床上，时不时喊她一声，要她来睡觉。突然想起，刚来长沙的时候，她就是这样喊我睡觉的，于是我就没喊她了。

133.

电脑城里常常能遇见一些人中极品。

比如眼镜。

他只身而来，神神秘秘地拖着我说要我出来，他有些话要对我说。我就随他出来，站到厕所旁边和他悄悄说。他先自我介绍了一番，说他是某计算机培训学校的老师。

眼镜盯着自己的脚尖，没头没脑地来了一句：“我等下有个朋友会来装机。”我很纳闷，不过还是接着说：“哦，那好啊，要不要到我这看看？”他点点头，接下来光看着脚尖不说话。我也傻得出奇，还一个劲地跟他说价格便宜服务优良等等废话。眼镜终于开金口了，支支吾吾说了句：“有没有什么好处？”说出这句话的时候，他那俩眼镜片后面露出了不好启齿的光芒。我恍然大悟，赶紧给他一个跳板上我的贼船：“嗯，我们公司规定，凡是带客户来装机的朋友，我们都会赠送礼品。”眼镜听完这句话，准备走但又没走。我伸出五个手指，他就放心地走了。

下午三点，眼镜带着一个福建人来了。

眼镜看我一眼，我也心照不宣地回他一眼。

我很快写好单子报上价格，福建人看了看，笑了两声，言：“贵了。”我说：“何出此言？”福建人答：“处处可见端倪。”我就没继续和他纠缠了，改口谈起品质谈起服务。

福建人摆摆手打断我，直言："还可以低多少？"我说："价格好说。"福建人说："那你给我报最低价。"我说："还可以少一百。"福建人要我再确认一下，我就装模作样跑到总台和阿妹聊起天来，聊了半根烟，就回来了告诉福建人："最多便宜120块。"福建人起身，拂袖而去。

向眼镜使个颜色，他傻乎乎地跑上前去，和福建人叽里呱啦地说起来。我坐在椅子上，想是不是哪里露马脚了。过了好一会，福建人又带着眼镜逛回来了。我不知怎么的，就失去了战斗力，都不敢迎上去了。福建人说："我也不想到处看了，就在你这配，你把价格少一点。"

我正想开口，眼镜居然替福建人说起话来："我看就六千八吧"。六千八刚够收回成本，我自己都赚不到，更别说再给他500回扣了。正准备再磨一磨，眼镜又开口了："我看就这样吧，装了吧。"我心说："你是不是等回扣等疯了啊。"还没想出对策，福建人就下了最后通牒："咋样啊，装不装？"

于是就这样装了，装得我一肚子火。

扭头看看旁边的眼镜，他倒神采飞扬，肯定是等着在我这拿500块回家了，一点都没有中午的那种羞涩和贞操感了。

重新回店里时，眼镜已经坐在那了。我故意没开口，而是居高临下地坐在总台后面，我要等他把话憋出来。他朝我笑，我就朝着手里的报纸笑。眼镜终于忍不住了，凑过来，对我嗯嗯作响。我说："你嗯嗯什么啊？"他说："就是那个"。我说："什么那个啊？"眼镜说："钱啊。"我说："你知道我这台机赚了多少钱不？"他嘿嘿一笑，说："起码一千吧。"我啥都没说，从阿妹那里拿过账本给了眼镜，当然，只准他看刚才福建人的那一页。眼镜看了又看，打情骂俏般对我说了三个字："你蒙我！"

我冷冷地说："谁蒙你谁傻逼，你自己看清楚了，利润是54块，谁叫你不懂得配合一下。"眼镜着急了，说："我刚才还没配合啊？"我本来准备大声呵斥他，后来想到影响不好，就压着嗓音对他说："你帮福建人还价干吗啊？你傻啊你！"眼镜顿了顿，似乎回忆起了刚才的情景，连着拍了拍自己的脑袋。我见他终于明白我的话了，就点根烟，抽起来，反正我这一单还是搞了50来块，闲着也是闲着，有得赚总是好事。

眼镜拍完脑袋，说：“算了算了。”我本以为他是要说“算了算了，下次再来。”

我觉得这才是一个坚强的男人应该要说的话。

没想到啊没想到，他居然说：“算了算了，你就把那50块给我吧。”

134.

老钱今天不知怎么了，从角落里走来，向我询问声卡、解码器、功放这三者的区别和联系。

我很细心地教他，诸如：“不同的音频信号需要不同的解码器。声卡自带解码器，功放也带解码器，还有单独的外接解码器。声卡可光纤或同轴输出到功放再输出到无源音箱……”

翻来覆去地说，老钱依然两眼迷茫，我终于不耐烦了，就说：“老钱，你今天怎么这么积极啊？突然琢磨起这些东西了？”老钱说：“其实在心里琢磨很久了，一直没想通，就问你呗。”我觉得太耽误时间了：“这些东西略微了解就行了，即使你明白了又有什么意义呢？”老钱张了张嘴，我赶紧挥挥手说：“先去上网查查资料吧。”老钱躲到角落里琢磨了两个小时，跑过来跟我汇报，汇报完后，问我：“是这样的吗？”

我拍着老钱的肩膀说：“算了，别琢磨这些东西了，没啥意思，真的没啥意思。”

后来，老钱死后，我才想明白，其实他是真的想了解这些。他以为，他也可以通过学习，通过努力，过得好一点。

135.

上次找小安的那个男的又来了，和小安在外面吵了一架。小安回来的时候，眼睛红红的。

136.

正在家里切菜，林林打电话给我：“苏厉快跑！”我说：“怎么啦？”

林林说：“小卢带着人往我家来了。”我说：“你怎么知道？”

林林的声音急促得很：“小卢是不是一米七五的样子，驴脸，偏瘦。”我说：“是啊。”林林很着急了：“苏厉，小卢带着四个人往我们家来了，怎么办啊？”

我跳起来，问：“你在哪里？”林林带着哭声说：“他们已经走进单元门了，我在他们后面。”我说：“你跑远点。”

我把柜子里的螺丝刀拿在手上，躲在门后面。林林的电话又来了，她说：“苏厉，你快往楼上跑，跑到楼顶上去。”我说：“别管我，你快跑。”

隔着门，听见一群男人的脚步声，沉默地走了上来，我握紧手中的螺丝刀。脚步声没在我的门外停留，而是继续往上走去，我听见楼上的门开了，我贴着门，想听见是否有对话传来。可是直到那扇打开的门重新关闭，也没有听清楚一句话。

楼道里零零落落传来脚步声，接着重新安静下来。

我慢慢打开门，从门缝里往外看去：没有人。我轻轻关上门，蹑手蹑脚地往楼下走去，走到二楼时，看见林林像只老鼠一样贴着楼梯间的墙壁往上走，一边走一边往上看，看见我的那个瞬间，她浑身一颤。

我抱着她：“没事了。”

林林说：“刚才我打 110 了。”我大惊失色：“你打 110 了？”

林林说：“110 暂时无法接通。”我松了一口气：“幸亏无法接通，要不然就坏事了。”

137.

刘大爷让我到他家去坐坐。我就上去了。刘大爷，刘大婆，阿姝，保姆，加上我，围在一张桌子上吃饭，边埋头苦干边聊些杂七杂八的趣闻。

饭后，刘大婆和阿姝手挽手地散步去了，我就和刘大爷坐在客厅里开始心照不宣。刘大爷兜了很大个弯子问我业绩啊个人生活啊什么的，但是话题最后还是落在萧哲身上。

刘大爷问我：“萧哲和你关系怎么样？”我心里折腾了一番，还是老实说了：“萧哲对我很好，是他把我招进来的，业务上也常教我。”刘大爷淡淡地问：“他写私单你知道么？”我想了想，印象中没有这回事，于是摇摇头。刘大爷笑笑，说："萧哲还有很多事是你不知道的。你把他当大哥，他好像不怎么把你当小弟。"我赶紧解释："我只是做好本职工作而已。"

刘大爷跟我说了一下萧哲和他的关系。

原来，萧哲一年前当上店长时，这个店生意并不好。所以萧哲就同刘大爷商量，能不能以承包方式参与经营。也就是说，每个月交一定租金给刘大爷，店面盈亏由萧哲承担，事务归萧哲管理，但店面做什么配件还是由刘大爷决定。鉴于当时生意不好，所以刘大爷就答应了。于是，这个店面和楼上的批发部分开来，独立运转。

刘大爷问我："价格有问题你知道不？"我说："有感觉。"刘大爷问："怎么感觉到的？"我说："有一台机器装出来算上返点都会亏，但萧哲最后还是劝我装了，说冲量要紧，所以我觉得价格会不会……"

刘大爷说："挺聪明的，告诉你吧，萧哲从楼上批发部拿到货后，告诉你的价格其实并不是批发部给店面的价格，他已经加价了，只是你不知道而已。"我吃了一惊："不会吧。"刘大爷接着说："有的配件加 5 块钱，有的配件加 10 块，你算算他整台机可以抠多少利润出来？"

刘大爷继续给我揭萧哲的底："他不按公司的规定，私自帮别人出过很多配件，这你也知道吧？"

听到这，我心一紧，我不仅知道，而且还实际参与了。刘大爷没等我开口，又继续跟我说："你也收了回扣吧？"既然隐瞒不了，何不承认，我于是点点头。见此，刘大爷继续说："他每出一套，收 10 块钱回扣。你明白我的意思没有？"我说："本该归我的那 5 块流到他口袋里去了？"刘大爷大笑，问："你说呢？"

刘大爷还告诉我萧哲的很多事情，譬如萧哲没当上店面经理前，曾偷偷地联系了一个学校。把那个学校要处理的旧电脑直接用驴车拉到二手商那里处理掉，倒一把就赚了一万多块。此笔业务根本就没过公司账本。倘若过公司账本，按规定，萧哲就只能得 30%，也就是三千多了。刘大爷当时对此事极为恼火，差点要开除萧哲，只是，萧哲当时已经成了业务大鳄，厉害到刘大爷离不开他的程度，于是就不了了之。

我沉默，等着刘大爷说他的想法。刘大爷见我沉默，他也不着急，点根烟等我。

他似乎并不着急要告诉我什么。

我说："那我就先回去了？"

刘大爷笑容满面："刚才吃饱了没？"

我出来后，没有直接回家，而是鬼使神差地绕回到电脑城了。

我在门口的台阶上坐了下来。先回头望望大门，真不敢相信自己怎么会天天进出这个大门。

我决定理清楚自己和萧哲的关系了。说实话，刘大爷给我讲萧哲的事情时，我还很愤怒，现在坐在这里，什么愤怒都没了，倒还愈发偏向萧哲这一边了。

刚才我去刘大爷家之前，倒是一阵激动，以为是刘大爷准备要我当店长了。

"美国会打伊拉克么？"

138.

这一集的《动物世界》讲述的是交配的故事，屏幕上，公马矢志不渝，一次次想跳上母马。

马太痛苦了，它居然都不能手淫，连自娱自乐的资格也没有。

139.

周末，还是醒得很早。

睁开眼时，林林还睡得正香，呼吸的声音很均匀，很细。我好久都没有认真看过林林了，她依然是那样小小地躺着，脸上挂着一丝笑容，我把她脸上的头发往旁边拨了拨，然后握住她的小手，等她睡醒。

林林醒来，我松开手，出去买早餐。

吃完后，林林就去上课了，我则留在家里大肆搞卫生，把一切都收拾干净，如同我们第一天住进来的时候一样，连卫生间我都泼了草酸，一点点地刷了个遍。

忙完后，我坐在客厅的沙发上抽烟。

外面的阳光落了进来，照在地板上，又反射在墙壁上。

时间就这样水一般流过。

140.

老钱自上次强四爷的那一单后，就无可救药地缩成了冬瓜。萧哲给他的脸色越来越难看，一天下班后，他就没有再来了。

老钱说来也真可怜，都三十多岁了，在长沙还是一无所有，连“稳定”都没有，像蚯蚓一样钻来钻去，捞得一顿是一顿。

阿妹告诉我：“珍姐其实是个寡妇。”

珍姐丈夫死得不明不白，又留下个孩子，这样才降低身价找了老钱，老钱也是实在找不到了，才以“红花伢子”的身份爬上了珍姐的床。

他们说：“以前主要是老钱嫌珍姐，现在情况倒转过来了。”

我想起老钱上次问我声卡显卡的事。在这样的繁华都市里，活着，是件要花力气的事。

141.

隔壁一家公司的老板跑路了，这虽然不算新鲜事，但也足以挑动若干脆弱的神经，搞得人人自危。这个老板其实算计很久了，筹划周全，所以没露出任何马脚，这一跑凭空赚了几十万，很是划得来。在跑之前的一个月，才把门面装修一新，搞得热闹无比。跑路的前一天，还召集员工开会，信誓旦旦地号称要做到湖南最强，要打开各条战线，要把产品卖到南山牧场去，怂恿得大家血脉贲张，激情直射三千里。

第二天刚上班时，还没什么异常，到了 11 点钟，开始有商家神情紧张地打听他们老板在哪里。12 点钟，电脑城内的商家开始哄抢店内剩余货物，电脑城的管理人员开始封店以维持秩序。

一个公司就这样终结掉了。

那家公司的员工反应也快，明白自己老板跑路了，立即转投其他公司。有几个员工跑到我这来了，问我要不要人。我留下了一个拉单员小庄和一个业务员老彭。

142.

林林回家，一开门就扑到我怀里，说："别怪我别怪我。"我刮刮她的鼻子，问："怎么了？"林林说："你先答应我你不怪我。"我说："好，我答应不怪你。"

林林说："我今天去买牛仔裤了。"我问："买到了没有？"林林说："买到了。"我说："买到了就好啊。"林林说："可我同时看中了另外一条，就买了两条。"我说："挺好的呀，换着穿。"林林说："一共花了三百八十块钱。"

我往后一躺："我还以为什么事，不就买了两条裤子么？!"

林林说："你真的不怪我？"我说："我怪你干吗呀？"林林说："买了两条裤子之后我好心痛的，觉得应该要跟你商量一下再买。"

我决定和她换个话题："你穿上给我看看。"

林林到卧室里换裤子去了。我心里抑制不住地泛起酸涩。

可怜的林林，这个可以一口气花掉5000 块钱的女孩子，已经到了多花200 块钱就要自责的程度。

我打定主意以后保证成单量。我要一脸笑容地回家，看见林林就说："哥哥我今天又给你赚了一条牛仔裤啊。"每到这个时候，林林就该高兴得不得了，挽着我的手就闹腾个不停。我白天打碎牙齿往肚里吞，只为此刻博得尤物一笑。

林林，我们一定要坚持到明天，明天，我们就会幸福起来的，我保证。

143.

吃完饭，林林一边收拾桌子一边说："我们没多少钱了。"我说："没钱了？"林林说："是啊。"我说："怎么会没钱了呢？"林林说："你都没管过钱你当然不知道。"我说："那怎么办，还要半个月才发工资。"林林说："要不我要我家给我再汇些钱过来？"我说："算了，还是我问家里要吧。"

给爸爸打了个电话，他正在外面吃饭，吵得很。他说："什么事？"我问："能不能汇点钱过来？"他问："还有其他事么？"我说："没了。"

"啪"，电话挂了。

144.

林林说：“我到你们公司去上半个月班吧。”

145.

林林站在我们公司门口。我时不时走过去和林林聊天。

林林说：“站了这么久，只有一个顾客是主动跟我说话的。”我说：“哦？他说什么啊？”林林说：“他问我卫生间在哪里。”

不过林林就是林林。不到半天，林林就已经掌握了拉单的技巧，准确地说，是习惯了别人的白眼和鼻孔里冒出来的冷气，开始和小安、小庄一起，拉了一拨又一拨人进来。

晚上下班后，我和林林一起回家。

在路上，我们尽情地幻想以后的生活。

她很高兴，我以为她真的很高兴；她很能忍耐，我以为她真的很能忍耐。

146.

这一天中午。没想到林林拉进来的一拨客户居然是她的寝室同学曾静和她的男朋友，水产贩子赵凡。

当时我正和老彭猜测今天生意会怎么样，突然听见林林喊我，抬头一看，林林拉着曾静和赵凡进来了。我愣了一下，随即拿出烟，迎了上去。

林林见我来了，搓搓手，准备继续去拉单，我勾勾手，要她一起坐下聊天。

曾静是那种“在家是奴隶在外是公主”的女人，军训的时候因为半夜偷别人的矿泉水而名噪一时。

我对曾静有印象，是因为林林有一天气冲冲地跑回来跟我说：“曾静这人真市侩！”我问：“怎么回事啊？”林林说：“赵凡给她买双 500 块的靴子，她就像个中年妇女一样，整天在寝室里向我们炫耀。”

我看着满身老旧打扮的林林，以高雅自居：“别和那种人一般见识。”

我们四个人一起坐好后，曾静先开口了：“早就听林林说你在这里打工，没想到正好今天碰上了哦，真巧啊。”我说：“是哦是哦，真巧啊。”曾静又问：“你这工资高不高啊？”我摇摇头，说：“我这就混口饭吃，哪能跟赵凡比啊。”赵凡把腿跷起，说：“这样吧，你若是想换工作，我可以帮你，我认识的人还是很多的。或者，我带着你做水产也行。”我不知道我当时是怎么笑出来的，反正我还是笑出来了。

结果是我没有谈成，怕谈成后林林会鬼上身。

晚上林林显得不高兴了，一个人朝墙躺着。

天亮时，林林却乐呵呵地喊我起床了：“猪啊，起床准备去上班啦。”

林林拉单的能力确实很厉害，而且厉害到出乎我的意料。她吃饭或上厕所时，我们店里就空荡荡的。她一出现在门口，我们店里就熙熙攘攘。连下来视察的刘大爷都止不住地赞叹：“厉害，你女朋友可真厉害！”

吃过中饭后，林林拉进来一拨客户，看上去是铁定会在今天装机的那种。我抖擞着就使劲谈了起来。花了一个半小时，把前奏程序都进行一遍，快要到交定金时，客户突然提出要去别家看看再回来。这是个危险的信号，我当然不会让他出去，就问他还有哪里不满意的。客户说没有，都很满意。这种情况是最麻烦的，客户连要求都不向你提了。没有矛盾的单子最难终结，他都满意，但就是要去别家看，我总不能掏把菜刀要挟他。

当时我就满怀信心地认为这拨客户会回来的，并且给林林讲，这一单，最终落到我们口袋里的钱有 30 块。林林听了美滋滋的，转个身又蹦蹦跳跳拉单去了。见林林如此开心，我也很开心。

这种开心，就像是一个孩子终于快要拿到盼望已久的糖果了，用其他形容词很难表示出那种灌满全身，异常简单，在别人看来根本不是幸福的幸福感。

过了一会儿，小安走了过来告诉我，说那客户好像在别家店交押金了。我愕然，赶紧派老彭假装上厕所，去帮我看个究竟。老彭去了又回了，对我苦笑。这时，林林走了过来问我，那个人是不是在别家买了？我看着林林，装作无所谓的样子说是的。林林也许是不满意我的这种无所谓，就出去和小庄聊起了这件事。聊着聊着，林林还回头跟我说了一句：“嗯，确实在那家装了，我看见机箱都送过去了。”

也许林林说这句话并没有特别的意思，我却如同压抑已久的火山，陡然爆发，认为林林是在嘲笑我的无能，在怪我失手，在故意扫我的面子。我大声呵斥林林，林林没还口，只是低头站到远处的楼梯口拉单去了。

吃完饭回家后。我没有打游戏，她也没有看书。

我躺在床上，把自己蒙在被子里。她躺在我旁边，两眼望天花板。我没有说话，她也没说话。如果我和她都是少根筋的人，那么这难受的一天，就会到此打住。

偏偏没有。

我知道她在想什么，因为我也在这样想。

我在想自己为什么变成了这个样子。为什么会有这么一天，我会为了30块钱恼羞成怒，我会因为30块钱没赚到而朝林林发脾气。

我因为30块，而敏感，而恼羞成怒，而觉得这简直就是一件天大的事，而觉得自己无法超脱，所以，我和她吵架，然后我们回家，躺在床上想着同样的事情。我和她都在想，为什么我们活成现在这个样子。我们的幸福，轻而易举地被30块钱摧毁掉了。我觉得我很低贱，低贱到了30元。30元，标在我额头上的价码是30块。卡夫卡说过，每个人额头上都贴着一张价码，我现在知道，而且很清楚地知道我额头上的那个标价。

要是麻木不仁就好了，可惜我和她都很敏感。

我蒙在被子里无声的流泪，后来控制不住，身体在被子里一抖一抖的颤动。林林伸手进来，把我抱紧，我这时才发现，她已经哭了很久了。哭得很伤心，哭得头发都湿了，我们紧紧地抱在一起，她对我说，我们真可怜。我说是的，我们真的很可怜。

我们最后是哭着睡着的。

林林告诉过我："我们像两条鱼，我们要相濡以沫。"

林林又告诉我："贫贱夫妻百事哀。"

147.

上个星期四，林林打死都不去上课。我摸着她的脸打趣说："怎么这么不乖啊，课都不去上了啊，哥哥不奖你大红花了哦。"林林转过身，不说话。我继续追问，林林才说："我穿这身衣服又脏又旧，都不好意思和同学坐在一起。"

习惯了美丽的林林不习惯不美丽的林林。

这不是虚荣。

148.

世界在我眼里，成了一个金钱飞舞，肉体分裂的抢劫场。在哀号声中，大家都在抢，抢到后就裹在怀里，独自享受。我身处抢劫场的中心，把牙齿磨得足够尖锐，但就是抢得不够多。我坐立不安，我四处打量，我八方追逐，却最终发现落得个两手空空，听到一句林林实在不忍心说出口的“贫贱夫妻百事哀”。

迎着瑟瑟秋风，我努力寻找着血腥味。如果我天生就不是一个活该饿死的人，那我就一定能顺着血腥味找到肉。抱着这样的纯洁理想，我度过了一天又一天，大概生命本就是用来等待的，半生俯仰再加半生飘零，就只为那一瞬间的猎物，最后成全自己。

我盯上了萧哲“店长”的位置。然而一家店面，永远只有一个店长，只有一个拿着比别人高得多的收入的人。我能否堂堂正正地坐上这个位置，能否让刘大爷舍得把萧哲这块肉割掉，把我这块肉含在嘴里？

149.

这些天来，我主动和刘大爷拉近关系，探听可能对我做出的安排。不过每次都探听不到什么，依然和上次在他家一样，到点就准时拉下幕布。

刘大爷真狐狸，他既吊着我的口味，又继续拉拢萧哲，在平衡中达到效益最大。

我本来以为刘大爷就快把萧哲踢走了，因为他们现在见了面连招呼都不打，互相憋个冷脸给对方看。后来我就想通了，我这纯粹是小人以君子之心去度小人之腹。君子讲感情，若讲感情，萧哲和刘大爷怕早就分手了；小人讲利益，大家关系不管如何糟糕，不管如何准备着把对方踢掉去另寻快乐彼岸，反正现阶段都还可以互相利用对方，那一切就会继续下去。

150.

我暂时只能从身边去动脑筋，抠钱。

抠到的每一分钱，都是那么的不容易，因为别人也想从我手里抠出每一分钱。

新开张了一家维修公司。开业的时候，把我请过去抽烟。老板笑呵呵地塞给我一张单子，悄悄说："伙计，以后我这就是靠你捧场啦。"这话听起来那可真叫一个舒服。单子上面详细写了各种维修项目的回扣比例。我认真比较了一下，发现比之前我经常去的那家维修公司给的回扣要略高，当即就决定，以后就把客户往这带了。为了引起老板对我的重视，我隆重地向他表忠心，把他神神秘秘地拉到一边后，拍着胸脯就说："我以后的客户就往你这带啦。"

隔天就有个客户抱着显示器过来，我检查了一下，是高压包有问题，但是已经过保了。我于是告诉客户，只能拿去维修公司自己出钱修了。客户同意后，我就抱着显示器，把客户带到了那家新维修公司，按他们的回扣清单，我在下班的时候能从这拿到10块钱。

一整天我就被这10块钱烧得慌，自"30块钱事件门"过后，我就相信只有揣在口袋里的才是自己的。下班后我就哼着小调，散步般地走向那家维修公司。一块肉搁在那里等着我去吃的感觉，让身上每个毛孔都尽情地张开。走到跟前，居然关门了，怕不会是故意想让我那10块钱打水漂吧？我趴在玻璃门上往里面看了又看，确认确实关门了后，在门口转了三圈，骂了又骂，还踹了一脚，然后忍痛掉头回家。

第二天一上班，我直接去了那家维修公司。那胖得自小腿以上就是屁股的老板娘不但不承认我昨天带了个客户来维修显示器，更拒绝承认认识我，开口就是："你谁啊你？找我要钱干吗啊？一大早老娘还没做生意你小子就过来要钱，不懂规矩啊?!"我赔着笑："我是新地公司的，昨天带了个客户来修显示器。"老板娘笑笑，然后迅速板起脸："我还是不认识你。"

我缩着脖子，掰着手指头和她温柔地争执起来，争执半天她都不肯承认。我只好缩回阵线，装作是顺路过来看看一般，说："那我中午再来，等老板回来我直接跟他说。"老板娘"哦"了一声，说："随你。"

我憋着一口气潜到了中午时分，再一次走近那家公司时，听到里面那鼎沸的人声，我突然就泄气了。旁人皆欢歌纵酒，我独踽踽前行去要钱，在不受欢迎的角色和放弃 10 块钱两者间，我必须做个抉择。

在角落里抽了半根烟，都没能提起足够的勇气命令自己进去，我只好选择了后退，自我安慰说权当是买肉喂狗了。

到了下午，我越想越气，她她妈的不是明摆着欺负我么?！我装装纯洁，你还真把我当处男折腾啊。不能便宜了这个胖老板娘，喂狗也不能喂给这只放个屁都带油烟味的胖母狗。

如果她不给怎么办？她不给我就拍桌子吼她。她再不给？再不给我就当场发癫痫，把口水抹遍，闹得她不能做生意。想到这，热血上头，以死相争的心都有了，我大义凛然地出门，走到半路，想着还是要稳妥点，哪怕是打架也要有人在旁边维持秩序，就又退了回来，对老彭勾勾手指："来，跟我出去转转。"

我和老彭扑到那里时，正好碰上老板要出门。我一见老板，感觉就像马克思看见了恩格斯，上前兄弟般拍了拍他的肩膀，大大咧咧地问："生意怎么样啊?"老板看了我一眼，毫无表情地说："还行吧。"我赶紧说："昨天我本想来你这来接那 10 块钱，可是下班的时候又忙得很，等忙完后再过来时，你这已经关门了。"本想着老板一定会笑着反应过来，没想他困惑了好一阵："哦？你是?"我吞了口气下去，说："我是新地公司的，昨天带了一个客户过来修显示器，是高压包坏了。"老板说："哦，这样子啊，我去翻翻账本。"我说："那我就在外面等你啊。"我实在不想进去看那个老板娘的脸色。

在外面等候的时候，听到了如下对话。

"翻账本干吗啊?"

"有个家伙说昨天的回扣没给他。"

"噢，就是那个家伙啊，跑了几趟来要那 10 块钱了，亏他还真有耐性，你认识他么?"

"不认识。"

"快给他让他走，他那种瘟神我怕。"

一会儿，老板出来了，递给我 10 块钱，点点头就进去了。

"他走了没?"

“打发走了。”

“哎哟，走了就好走了就好。”

我没走，我还站立在这个地方，只要你把欠我的钱给我了，我自然就会走。我不管你们如何看我，对我说了些什么话，反正我一定要把这10块钱放进贴胸的口袋里。

四海升平，国泰民安。

广播里在一遍遍地说今年的GDP增长率又创新高。我听得一脸茫然，不知道GDP与我有没有关。我环绕四周，这些忙着谈单忙着调货的人也与GDP有关么？我走出大门，刺眼的太阳照得我头晕。街上人来人往，你们也都与GDP有关么？

151.

贵贵又打电话来了，我的口气比上次好了很多。

他说：“我准备去公安局实习了。”

我一听就耳熟：“公安局？”

152.

林林蹲在地上选来选去，卖菜的大妈不乐意了，把林林手中的菜夺过去，说：“不买就走，做生意要干脆。”林林躲到我身后，等着我朝大妈发飙。

我拽了拽林林，低头说：“走吧，到别处买。”

林林很愕然地看着我，像是傻了。

回家后，林林把菜篮一扔，又踩了一脚，然后哇哇大哭。

我蹲下去，把菜一一捡了起来。

今天是林林的生日。

153.

吃过饭后，林林情绪缓和过来了，就坐在床上，伸开双手要我亲她。我刚走去，轰隆一声震天响，床垮了。林林掉床底下去了。林林左看右看，抬起头：“怎么连床铺都要欺负我们啊？”

154.

第一次见林林这样抬头看我，是两年前。

那是我考入成都211的第二年。一场大雨，将褐石中学的篮球场洗得干干净净。我从成都回家，路过曾经上课的教室，就跑进去重温足迹，被教导主任逮见了，命令我和应届的学弟学妹们作经验交流。

简要介绍后，苏厉学长登台亮相，敞开胸怀大放厥词。说着说着，我面前的几十双眼睛只剩下一双了——只有那双眼睛是立体的，其他的都是平面。进入提问阶段，时间差不多了，在教导主任低头看表的瞬间，那双眼睛的主人终于举手了。

林林用几乎让我听不清楚的声音问我："多看小说有利于提高语文成绩么?"我鼻子一抹："语文就是关于语言文字的学问，看小说当然能提高语文成绩，一定要多看，但是，要遵循三不要看三要看的原则！何谓三不要看三要看？三不要看即是不要看无激情，无真情，无才情的作品；三要看即是要看又怪还毒且黄的作品！"

台下哄堂大笑，林林问："何谓怪，毒，黄的作品?"我使劲装逼："怪者，不同也，个性与特色；毒者，非主旋律，实乃有一定思想见解的作品也，当然，也不能去看反动书籍。具体于黄者，则是带有人性化的性爱描写的书。"

我不知道林林升华了没有，反正我装着装着就真的升华了。

那时看不见这时，这时看得见那时。

她在门口等苏厉，而我，正朝林林走去。

太阳升起又落下，地平线永远在前方；晨雾弥漫又被吹散，原地始终是原地。股股灰尘在巷道里扑腾，雨水飘零又倒退回天庭。

"时间这东西，是可怕的。"

林林同意我的看法，因此她决定先于我爱上她之前爱上我，狠狠地爱我。

155.

床铺垮掉后，只能就着垫被在地板上睡。

这觉是越睡越累，睡之前还有点力气，起床后连那点力气都没了。林林不要上班，于是她可以从早睡到晚又从晚睡到早。

下班回来后，看她还是那样睡着，我很是生气："你就不能勤快点？"林林揉揉眼睛，说："可我还是想睡。"

我掀开垫被，发现地上全是汗，原来是地气把人气吸走了。

我说："干脆把床铺拆掉吧？"林林说："行。"

于是床铺就实现了床和铺的分离，我们开始了睡地铺的生涯。

156.

林林高考后的那个夏天，太阳把地球晒烂了，颜色喷涌而出，世界的亮度和对比度皆高到极致。我把爸爸的"切诺基"偷了出来，带林林漫无目的地游来游去。

在褐石的最西端，我们找到了一条足够美的路。

那是通往鹿场的，一条长约十公里的柏油路。这条耀眼的柏油路并不宽，刚好容切诺基通过。两旁的树很俊秀，它们的上半身又密又齐，叠成一道绵绵不断的浅绿屏风。这屏风如此严实，以至于坐在高高的"切诺基"里几乎看不见路外面是什么。只有下车，弯腰，透过树的下半身，才能看见外面草原一般的水稻田。无数蓬松的云朵就是从这水稻田里蒸出来的。

后来的褐石变得让我陌生。一回到褐石，首先看见的，竟是顺着房檐上去的被冻结成灰色的天空，和天空下那死气沉沉的深绿。人们捏着衣领走在其中，抖抖索索，歪歪扭扭，像蜈蚣一样，迈着外八字的步伐，总觉得裤裆里湿乎乎的，时不时要抠两下。

后来和林林骑着双人自行车经过湘江大桥时，我意外地发现长沙就是浅绿色的。

浅绿色，是故乡的底色。

是我在路上寻找故乡，还是故乡一直在路上等我？

第五章

我只做头狼！

157.

晚饭刚端到桌上，阿姝的电话就来了，命我速到“西湖楼”吃饭。赶到后，刘大爷，阿姝，还有两个厂家来的经理已经坐在那儿了。

刘大爷向他们介绍我：“这是小苏，店面的负责人。”

他们已热完身，正喝得起劲。刘大爷要我陪好他们，我就端起杯子敬完这个敬那个，没几个回合，空腹喝酒的效果来了，我眼前发黑，一头栽进服务员怀里。

阿姝回家，我们四个坐上的士。

刚才喝酒喝得太快，在的士车上，感觉胃里面的啤酒反涌上来，一阵比一阵凶猛，好几次都顺着食道涌上脖子了。我攥紧拳头，竭力忍着，忍啊忍，眼看就要忍住时，刘大爷在旁边说了句：“哎呀，要吐了要吐了。”一听这话，我脑袋撂出车窗，两腿一蹬，哗啦一口吐了出去。

出租车司机在骂骂咧咧。

吐完后，我拿纸巾擦干净嘴，把脑袋拔了回来。路灯和霓虹灯照进车厢，光怪陆离中，他们三个似笑非笑地看着我，不知是讥笑还是安慰。有种东西活生生横亘在我和他们中间，使我觉得这一切都不像，具体是什么不像，或者，不像什么，我也说不清楚，总之，就是不像。

我看见我飘出车顶，我看见爸爸表情自得地坐在车座上，和他们一起坐在奔向庸俗的的士里。

回家的时候已经是凌晨三点了。

林林把我搬到床上，在我额头上压了块湿毛巾。

我还在咂嘴回忆着今晚的事情。

夜总会大厅到KTV包厢转弯处的那个粉红色房间，里面坐满了双腿夹紧的姑娘。刘大爷看了看我，往房间里招招手，招来四个姑娘，同我们一起进了暗红色的包厢。

刘大爷搂着一个姑娘在玩骰子。一个经理也搂着一个姑娘，正轻车熟路地互摸。我和另外一个经理在唱郑钧的《回到拉萨》。我越唱越投入，越唱越陶醉，有人在我肩膀上拍了一下，我侧目一看，是刘大爷，可刘大爷却没有看我。我于是会意地把话筒放下来，听那经理唱。他唱得上我就听，那经理唱不上了，眼看要熄火憋死了我再一嗓子帮他悠上去。

回到拉萨后是回到长沙。

刘大爷往沙发靠背上一躺，我赶紧凑过去，刘大爷说："你这两个月做得不错，比萧哲还多。"按惯例，这一句不重要，重要的是接来下的"但是"。刘大爷顿了顿，果然说："但是，没接过大单，没有真正进门。"

158.

爸爸这一阵给我打电话打得格外频繁，翻来覆去就几句话。

他说："史义彪来公安局实习了。"

他说："史义彪以后就会在公安局上班了。"

他问："你又在哪里呢?"

他说："史义彪这人看起来不聪明，但是也不蠢。他就懂得要拿个文凭，然后来找我。我就是想不通你到底在想些什么?"

他说："老子辛辛苦苦为你准备的东西最后都喂史义彪吃了，到底你是我儿子，还是史义彪是我儿子?"

他说："你再耽误下去，就真的一辈子比不过史义彪了。"

159.

林林说我有一种清道夫式的情感强迫症。

我就是想要我想要的，我不愿意混沌一片，我要干净，如果不干净，那我就动手清扫。

我的忍受能力很差。

不知我是太珍惜自己还是太不珍惜自己。

160.

萧哲一直想结识厂家的片区经理，可刘大爷就是不给他机会，他知道刘大爷没喊他而是喊了我去陪客后，就开始变得有攻击性了。

开例会的时候，刘大爷要我们谈谈对于公司的想法，大的小的都可以。鉴于刘大爷对我的赏识，我真心实意想为公司做点贡献。我陆续反映了我所看见的具体的运作问题。每说一个萧哲就反驳我一个，简直就是摆开架势封杀我。我觉得眼前这个男人很是可笑，只会打算盘而不会下棋。刘大爷虽然把他的小九九告诉了我，可我仍然是和他站在一列的，就连陪客的事，早在林林往我额头上压湿毛巾时就主动向他汇报了。

我出列。

他不依不饶，我也不退不让；他情绪激动，我也口水遮天。刘大爷一会看看他，一会看看我，僵持到散会，我的提议只有一个得以实施：在门口放一个玻璃柜，里面摆些外设，由小安负责。

算了一算，平均每个月也可以让小安多赚两百块。

站起身来，用余光瞥了一眼小安，她侧身而坐，右手勾着靠背，若无其事。下楼后，我点上烟，美滋滋地抽起来。

刚才看小安的时候，她的脸没笑，可是她的眼睛笑了。

161.

新买的洗衣机很安静。

大青蛙再次坏掉后，我觉得它已经成为我们的累赘了，于是找来一个收废品的，二十块钱把它卖掉了。前后不过五分钟时间，大青蛙就没了，卫生间里空荡得很，一时间还真不习惯。推开窗户，眼瞅着那个收废品的乡巴佬，背着我们的大青蛙，像背着个抢来的媳妇一样，屁颠屁颠地奔向停在小区门口的三轮车。

林林怅然若失，说这个东西是“我们爱情的见证”，说她就喜欢大青蛙，结果被我“偷偷地卖掉了”。

林林觉得这事是个很大的事，但我却完全不觉得这事算个事。

我解释说：“我不是趁你不在偷偷卖掉大青蛙的，而是我决定卖大青蛙的时候，你恰好不在。”

林林说：“总之，你就完全没想过要考虑我的感受，是这样的吧？你太自私了！”

我愣住了。

林林的话，让我清醒过来。

清醒是一道闪电，在林林沉睡而我假装沉睡的雨夜，痛苦忽然曝光。

林林说得对，我自私，而且是极度自私。

我总希望你和我一起堕落，虽然我并不认为自己在堕落，也丝毫不想堕落，更绝对不想你堕落，但我就迷恋你挂着这样的姿态。

去他妈的一切！

我们一起完蛋吧，我们一起被抛弃吧，或者，像张影那样，我们一起浮尸湘江。总之，现在，哪样我都乐意了，我都认了。

162.

来长沙读大学前，林林曾送了我一张相片。那时我们都很土，总喜欢跑到花花草草前留影纪念。

相片上的那个身着连衣裙的姑娘站在褐石中学的花坛前，美丽得让我明白无误地意识到这只是这个女子一生的一瞬间。

相片背面有一行让我承受不起的娟秀小字：“厉，愿你早日叱咤风云。”

这张照片我带到长沙来了，就摆在书桌上，每天都看见，每天都熟视无睹。照片旁，有时候是几本杂志，有时候是一摞教科书，有时候则干脆扔着从我身上扒下来的内裤。

照片上的那个女子，现在不再乱穿我的衣服，做完爱后不再光着身子睡觉，上自习上得越来越多，每天对我说八十次“努力”或者“加油”。

163.

我说：“昨天去河西的时候，顺便看了看楼盘，咸嘉新村。均价三千，两室一厅七十平方的房子，十万块首付就可以搬进去住。我们现在攒了多少了？”林林说：“一千二。”我清清嗓子，说：“虽然离十万块差得略远了点，但未来会成加速度递增的。你不是准备读研么？等到你研究生毕业了，我们肯定就可以住进自己的房子了。”

我说：“林林，什么都要变好了。”

我说：“我能够养活你的，我能够给你买你说过的一千五百块一双的拖鞋的。”

林林说：“你别这样好不好？”我问：“怎么了啊？”

林林看上去极不自在：“你说得那么可怜巴巴，说得我怪难受的。”

164.

一早就察觉搬运工老戴同志不正常。

老戴，是一个粗壮的人。

按林林的话，这人太通俗了。

老戴的特点是：一个喷嚏震天响，一个饱嗝势如雷，抽起烟来叭叭叭，放屁都带浊辅音。以上四者，轮流上阵，此起彼伏，从不留空白时间。

快半百的人了，还挽起兰花指，装可爱装个不停。这还不要命，要命的是，他非贴在我身边，嚷嚷着要给“苏厉哥哥”讲讲他的生活质量问题。

老戴以前在新开铺劳教时吃苦吃得不多，白菜倒是吃多了，如今沦为“猪肉鸡蛋人”。

老戴开口了：“我昨晚吃了一斤肉加十个鸡蛋。”我说：“哦。”老戴又说：“我通常要吃一斤半肉加十个鸡蛋的，但昨天突然不想吃那么多，就少买了半斤，就只买了一斤肉。让我算算，本来要买一斤半，少买半斤，对的对的，那就是一斤。”我尊重老戴，所以继续表示我在聆听：“哦。”

老戴见我对此没兴趣，就趴在我耳边小声说：“昨天去雷锋镇了。”我瞬时精神百倍，我知道老戴没老婆，但没想到他还无师自通地知道去雷锋镇开荤。看来，我低估了他的智商和情商。

见我两眼放光，老戴就很满意这个效果，其实我好奇的是什么档次的女人能开恩让老戴嫖。

老戴说："哎哟，昨天晚上啊，干了三把，干得那六十岁的婆娘一边打嗝一边放屁，臭死了臭死了！"

老戴害羞窃笑，满眼回忆。

我表示惊叹："那么老了，还能出来干这个？她没儿女？"老戴说："雷锋棉织厂垮了，没有工作，她和她女儿就一起出来卖了啊。要有钱可以把她俩一起包下来。"

想起林林写过的一首无题烂诗：

每一个孩子
都有自己的糖果
和童年回忆里的情人

不知老戴是否也会有童年回忆里的情人？

老戴正要给我交代细节时，一个人探头进来："请问，萧经理在不在啊？"今天萧哲轮休，我正听老戴说得起劲，就随口回答一句："哦，他今天休假。"他点点头就准备走人。我猛然一激灵，站起身来："请问有什么事么？"他说："哦，我要配50台网吧机，今天过来看看。"我朝老戴使了个眼色，老戴立即知趣地离开了。

我说："您请进，萧经理不在，和我谈是一样的。"

165.

"你是？"客户坐下后问我。我把领子掰直："我是销售部苏经理。"客户马上露出微笑："哦，苏经理，幸会幸会，我叫大马。"我深沉地点点头，把情绪从老戴的故事中拽回来，准备战斗。

我在喊大马进来的时候，其实心里还是犹豫了一下。因为大马既然开口问我萧哲在不在，那么按老规矩，大马就是萧哲的客户，我要么不同大马谈，要么就是帮萧哲耕耘他的责任田。除此之外，我就是在摸老虎屁股——和萧哲抢单。

第一个想搞清楚的问题就是，大马和萧哲的关系到底如何。我注意到他称萧哲为“萧经理”，看起来很生疏。

我问：“大马，萧经理以前给你写过单没?”大马说：“哦，没有，我是听一个朋友说萧经理这不错，就来了。”我点点头，明白了七分。那看来大马还不是萧哲严格意义上的客户，我还能装糊涂给他写单。

问了问他的要求，就开始写单。写完后给大马看。大马从怀里掏出一张单子，戴上眼镜对比起来。对比完后，说：“我朋友的这张单子就是上个月在萧经理这配的，你给的配置差不多，价格怎么比他的低了200多块啊?”我真想跳到桌子上向大马宣布真理：“因为你那个朋友是傻逼，被萧哲宰了还乐呵呵的。我没有宰你，所以价格才这么低!”当然，从嘴边说出来就变成了：“公司正在做活动，这是我给您的优惠价。”

大马说的那个朋友我也认识，那个人开网吧的，是萧哲的老客户。上个月装的那批机器被萧哲宰了将近两万。这世界上就有些事是我无法理解的，譬如为什么会有这么多客户明知道自己被萧哲宰了，仍然要一次次地来挨宰。我就总有种冲动，想把这个事实告诉大马，不知是因为自己看见了这一黑洞心里不爽，还是单纯地想拆萧哲的台，以此证明自己的诚心。

大马似乎对价格很满意，要我带着他把所有配件都看了一遍，然后问我：“还能有优惠么?”我想了想：“到真正装机的时候还会有优惠的。”大马说：“嗯，就在这两天里会装的。”我想了想，跟他挑明了：“你再来公司的时候不要找萧经理，直接来找我就行了，只有我能开这个价格。”大马呵呵一笑，说：“好的好的，那我到时肯定直接来找你。”

大马刚走，我就后怕了。

166.

第二天，萧哲来上班了。我装作嘛事没有，该干啥干啥。说说笑笑，坐坐跳跳。

中午，萧哲接了个电话，盯了我两眼，匆忙出去了。

快下班的时候，萧哲一阵风般地回来了。没有跟我说话，而是径直去了阿妹那里叽咕比画了好一阵。我松了口气，也许萧哲不是忙我担心的那件事吧。

感觉鼻子有些痒，正在准备打出一个大喷嚏，萧哲走到了我身边，“啪”地把一张单子拍在桌子上，活活把我的那个喷嚏给吓了回去。

“这是不是你写的?”萧哲问。我拿起单子，就知道完了，大马果然还是不信任我，还是去找了萧哲谈。我不动声色，把单子仔细看了又看，然后抬起头来对萧哲说：“哦，是我那天给一个说要装网吧机的人写的。”话音未落，萧哲就不耐烦地打断我：“你他妈有什么资格给大马写啊?!”我不能沉默，此时沉默等于伏法，我继续说：“他说你没给他写过单，所以我想着你不在，就随手给他写了一张单啊。”萧哲也没停顿，弹着单子就说：“你看你报的价格，连回旋余地都没有，大马现在死活要用这个价格到我这装，你看怎么办?!”这个问题我就不知道怎么回答了，只好讪讪地坐在那里。

小卢蹲在展机旁边幸灾乐祸地看着我，我狠盯了他一眼。他却更加得意，直把机箱当腰鼓使，拍得那叫一个震天响。

老戴不知情，走了过来俯下身子，说：“我继续给你说那天晚上的事情吧。”我说：“滚!”老戴竖起脑袋，四处看了一圈，调头诧异地走了，一边走一边问候我。

我抽起烟掩饰自己的窘迫，浑身冒冷汗。

那一瞬间，我突然很思念我的大学生活。

我知道我活该，所以我不后悔，但是我真的很遗憾。悠闲颓废还没有品尝够，漂亮的女生白发的先生还没看够，我就这么匆忙系好鞋带，披上大衣，走入生活。一瞬间，两眼朦胧，我竟不知身处何方。我的身边，不再有那群三中全会后出生的天真同学，不再有温柔的笑脸，甚至，不再有干净的眼泪。

如果可能，我希望我此刻是敲着饭盆，思忖着去学校食堂胖大嫂那里打一块钱饭菜，而不是在这个莫名其妙的城市，对着一个凶神冷汗淋漓地思索对策。

下班回家，林林正围在锅子旁做土豆炖牛肉，这个情景跟我们第一次在家做饭时差不多。见我回来，就要我表扬她。我尝了一口，没头没脑地说了一句：“还是你对我好。”林林扭着屁股撒娇：“那当然。”我跪在地上，把脑袋靠在林林的怀里，说：“抱着我。”林林惊诧地说：“我现在两手都是油啊。”我没作声，林林就慢慢地抱紧了我。

多么希望时间能冻结在这一刻啊。此刻，没有饥饿，没有寒冷，没有那么狰狞的面孔，没有一切让我烦心的事情。我就想在此刻死去，安详地死在我最爱的林林的身旁。我的尸体，将会笼罩在上帝的光环中；我的罪孽，将会得到宽恕。

然而时间是停不住的，睁开眼，天又亮了。生活还得继续，要吃饭，就还得去上班。不能跳出电脑城，那就还是回到电脑城里等死吧，总比躺在家里靠林林养活着要光荣。

167.

今天公司里显得格外冷清，人都不知跑哪去了。上班的路上，我一面想着自己的抢劫世界的计划懊恼不已，一面还琢磨着一看见萧哲就要跟他道个歉说几句体己话。此番心意现在无处可投，光在我心窝里硌得慌。

我越坐就越无聊，越无聊就越坐着。止不住地期盼萧哲能从半空掉下来，四仰八叉地摔在地上，我好赶过去扶起他拍他的马屁。想多了就想糊了，我把大马这事就当成灰吹走了，估计萧哲也会如此吧。

下午三点多钟，萧哲手拿单子匆匆回来了。他一进门我就忙不迭地站起来，凑上前准备跟他搭讪，他睬都没睬我，大步就去了阿姝那里。我苦笑两声，继续坐下。不到一分钟，刘大爷搂着大马也笑笑哈哈地进来，在我侧面的那张桌子旁坐下了。萧哲在总台那里对大马说了句："那就开始调货啦。"大马说："哦，调吧调吧。"

大马最终还是一头栽进了萧哲那"大而威"牌的内裤里，挣都没挣扎一下。

萧哲走过去，挨着大马坐了下来，他们三人开始谈笑风生。我忽然想起还没给他们倒水，就起身从柜子里拿出三个一次性杯子，对着萧哲笑了笑，准备去接水。没想到萧哲看了后，扭头就对小卢说："快去给我们倒水过来。"我刹时就钝在原地，不知道要怎么办才好。小卢接到这个指示，满脸放光地跑到柜子前，准备拿杯子。我转过身来，对他说："我这已经取了三个了，你拿着去接水吧。"小卢"哼"了一声，伸手从里面重新拿出三个，然后屁颠屁颠地接水去了。

血液停止流动了没有？不知道。我竖在那里，捧着三个杯子，坐也不是，站也不是，走也不是。当然，也没有人在乎我就这么一直傻竖下去。十秒钟后，我自己活了过来，摇头一笑，把杯子又塞回包装袋里。

店面开始人来人往了。推小板车送货的，扭着屁股打单的，过来凑热闹顺便蹭烟抽的，忙得不可开交。一会儿工夫，店面的桌子上，外面的走廊上，就堆满了各种配件。这种大场面惹得其他人眼羡不止，不断有人过来问我："嘿，这是你的单啊？"我摆摆手说："不是不是，是萧哲的。"

半个小时后，阿姝对萧哲说："萧哲同志，货都齐了。"萧哲"哦"了一声，跟大马说了几句，然后站在门口振臂一呼，原来蒸发掉的同事就从各个角落举着"萧哲万岁"的旗帜钻了过来，唰唰地动手撕包装，开始流水线装机。

我想了想，还是摊开手走了过去，跟他们一起忙碌起来。心想，这样帮忙总不算自讨没趣吧？

大马问萧哲："厕所在哪？"萧哲带着大马走到门口，告诉他："你走到底右转就行了。"大马走向厕所后，我乘机走到萧哲旁边，说："萧哲，你要请客啊。"萧哲之前每次搞定大单后，我都会对他说这句话，他也都会眼睛一挤，说没问题。这一次，他扫我一眼，说："快下班了，你可以回去了。"

他从我身边绕了过去。我看到他的眼睛里有着强烈的厌恶与决绝。

一刹那，我心里一凛：他不会再让我在这里待下去了。

168.

天冷了，就黑得早。走出大门时，发现外面的世界已经灯火阑珊了。不知从哪里传出了张楚的《姐姐》，"哦，姐姐，我想回家……"

伴着张楚那瘦瘦的声音，我一边赶路，一边斜眼打量那些冒着光线的窗户，猜测里面今天会有怎样的故事。快到家时，却看见家里漆黑一片，我心里慌张得很，林林难道不在？

打开门，扭开灯，喊："林林，你在里面么？"没人回答。我冲进里屋，没看见林林。我把被子掀开，没有。我把卫生间的门打开，还是没有。林林去哪里了？不大的家在此时显得如此空旷，仿佛延伸成了一个大草原。墙壁上依稀画满了林林的笑脸，我却看不真切。

一屁股坐在沙发上，看见茶几上放了张小纸片，上书："亲爱的，忘记告诉你了，今天我们班聚餐，你自己出去吃点吧。亲亲。”

我松了口气，开始笑话自己敏感到脆弱了。林林不过是随众人出去大吃一顿而已。马上就会回到我身边的。没什么食欲，干脆关了灯，准备坐在黑暗里抽足烟再出去随便吃点东西。在黑暗里，我一遍遍打量着我和林林的这个家，打量着我住进这里后所获得的一切，和，我失去的一切。打量算计出来的结果让我悲伤万分，我挣的钱除开能勉强养活自己外，基本上没积蓄。林林其实还是靠着岳父给她汇的钱而生活。

灯突然亮了，林林满脸欢喜地出现在了门口。我疲惫地笑笑。林林就笑着扑了过来，要跟我讲她今天吃的那些好东西。我把头扭过去，不想听。

林林笑着笑着就不笑了，用双手托着我的脑袋，转过来朝着她，说：“你吃饭了没?”我说：“没吃。”林林说：“啊，你怎么这么不乖啊，连饭都不知道去吃，真是个调皮的小朋友。”我没说话。林林脸上的欢喜就黯然下去，恢复了平时的样子，小声说：“你休息吧，我来帮你做饭。”

林林忙碌了起来，我起身走进房间，半躺在了床上，任凭饥饿向我袭来。终于听见林林喊我了：“出来吃饭吧。”我走了出来，拿双筷子，却看见桌上只摆了碗白菜。

像受了刺激一样，我恨恨地说：“你当这是在喂猪啊?”林林着急了，说：“家里只有这么一点白菜了啊。”我说：“你想和别人一样敷衍我就直接说，好吧？你不想做饭也请直接说，好吧?!”林林说：“我真的没有啊，我喜欢给你做饭，我没有敷衍你。”

我冷笑两声，把今天受的气都控制不住地发泄在了林林身上。我把筷子一摔，说：“行，你跟你同学出去吃，我现在也出去吃。”说完就开门往外走，林林着急了，拖着我，说：“你别走，是我不对，我现在出去帮你买，行不?”

我用力一甩，林林飞出去好远，一屁股摔在了地上。我痛得揪心，想冲上去把她抱在怀里，跟她说对不起，但是我既没动也没说话，嘴巴木木地张了那么两下，就像雕塑一样竖在那里。林林坐在地上，半天才反应过来刚才是怎么回事，开始流泪，但她没有去擦，也没哭出声。

我对林林说：“你，就坐在地上，别动，千万别动，你一动，这个世界就动，我心里就慌张，求求你成全我这一次，听见了没有?”

林林惊恐地看着我，连连点头。

我朝林林鞠了个躬，说："嗯，谢谢你。我现在自己去吃个饭。你在家等我回来。"

169.

我在附近的大排挡里点了一份牛肉炒饭，犹豫一下，又点了瓶啤酒。

想起高考前和同学翻围墙出去喝酒。那一次到底喝了多少瓶我忘记了，反正爬出大排档后，老三偷偷告诉我，服务员少数了九个瓶子。我一边爬一边大笑，说："这次赚大了！"老三老五响应我的号召，大吼："冲啊。"最后我们仨都冲进医院了，扶着病床，在病房里吐了一地。老三指着秽物问老五："这是你吐出来，还是你拉出来的?"我在旁边笑，笑着笑着忍不住又哇啦哇啦地吐个不停。

170.

也许是太久没喝酒了，也许是因为心绪太乱，一瓶酒下肚后，我坐在椅子上开始摇晃起来，站起来想走，下半身纹丝不动，上半身却像面条一样控制不住地扭来扭去。好不容易撑着走回家，发现灯还亮着，林林却已经睡了。我随便洗了洗，也上床了。贴着林林的线条，安稳地躺下。躺下后又睡不着，又想扭来扭去，干脆翻身坐起，摸根烟抽了起来。抽完后，我凑近林林的耳朵，小声说了句："林林，我爱你。"

我第一次对林林说出这三个字。

说完后，我本以为早就睡着了的林林，在被窝里轻微地颤抖起来，眼角也流出了一串眼泪。我没有说话，因为我已经把最重要的话说出口了。拿起一张面巾纸，轻轻地帮她擦干净眼泪，在她额头上亲一口。

躺下，关灯。

171.

亲爱的。

我想紧紧抱着你，让我的胸膛亲吻你的乳房；我想紧紧抱着你，用我的鼻子顶着你的嘴唇；我想紧紧抱着你，我要先看到你的眼睛再去看天和地；我想紧紧抱着你，把我们两个从这铁板一般的世界中抠出来；我想紧紧抱着你，其实是想你紧紧抱着我。

每天入睡之前，都会听见一道门“砰”的关上，这是时间。总是来不及的我每天被时间夹一次屁股，夹得生疼。

想起爸爸的话，我开始担心我会如他所料，我不知道时间是带走了我还是带走了你，我不知道自己走到哪里来了，一回头，就看见褐石的山坡上有白虎在逡巡。我发现我的生活残碎又胡乱地纠集在一起，像拖把的墩布，用过无数次的拖把的墩布。

幸亏，我还和你在一起。

我有很多很多要去面对，只要挽着你的手，我就有底气了。

你是我最后的理由，不容辩驳和怀疑的理由；我是一个氢气球，线的末端就绕在你的无名指上。

我看见一张网，紧紧收拢，困住了我。我要站在网外的你握住我的手，告诉我，我看见的都他妈是错觉，都他妈是假象，都他妈是幻影。

172.

小卢已经正式跟着萧哲做起了销售，有理有据地跟我对着干，还时不时借萧哲封给他的销售主管的名号，吆喝我做这做那。萧哲不在的时候，他俨然就是老大，显得全世界就他最忙。

除开老国，其他技术员都跟我没了交往，他们的小命都握在萧哲手里，不说去奉承萧哲，但起码不会跟我热乎。在小卢的追杀空隙里，我偶然谈成的机器全部都是老国帮我装的，小卢气得直冒烟，但是惮于老国的那种日光灯性格，也就只能旁敲侧击地说说怪话，然后给萧哲打小报告。

我陡然对老国升起一股敬畏感，觉得在这个沉默的小个子男人身上看到了一种原则的力量，还感觉自己连累了老国，只恨现在不是动手把小卢往死里整的时候，只能由着小卢去嚣张。

我招进来的拉单员小庄，凡是拉到单都只喊小卢谈。小庄倒是识风向，想起她刚进来的时候，虽然在那家跑路的公司里做过，但也就做了不过10天。是我和小安手把手告诉这个又传统又淳朴还憨厚的农村女孩，不要害羞，不要把商业、把合理赚取别人钱财当成一件可耻的事情。她却总上不了路，基本上一有客户就大呼小叫要我或小安出来帮她的忙。第一个月小庄基本上没做什么事，快到发工资时急得眼泪直流。我专门给萧哲写了书面申请，萧哲才多给了她100块，因为我寻思着她一个小女孩在这里生存不容易，能够多关心一点是一点。

小卢每次一听小庄喊他去谈单，就先得意地瞟瞟我，然后两腿甩开走过去。小卢谈单的时候能给客户的人身安全带来麻烦，因为他不仅粗话连篇，舌头底下更是藏着辆洒水车，喷洒出有毒的唾液，把客户活生生吓走了许多拨。

越是小卢这种人，越是恬不知耻。都把客户吓得提起裤子夺路而逃了，还要委屈地大声嚷嚷说："他们觉悟低！"居然不知道他小卢开的价格是如此地好，他小卢的心肠是这么的善良。

我每听到他发表这样的演说，就只在心里笑笑，谁叫你文化差了点，气质欠了点，由你去折腾，看你最后怎么收场。

173.

我和林林商量："怎么办？"

林林的脸上重现那种不自在的表情："不知道。要不，你就换个工作吧。别跟他们搅在一起。"

我想了想，说："别的地方也会这样。我得自己想办法留下。我去找刘大爷。"

174.

我等了三天，刘大爷都没下到店面来，仿佛跟躲藏起来了一样。等不下去了，就跑到三楼，敲响了门。

"谁呀？"是刘大婆的声音。

"是我，苏厉。"

"进来吧。"

刘大爷正在接电话，他朝我努努嘴，示意我先坐下。我朝刘大婆笑笑打声招呼，摸着沙发坐下。接完电话刘大爷边走边说：“我前几天就想下去找你的，可这几天太忙，忘了。你来了就正好，我有话对你说。”

两人对着抽了有大半根烟，谁都没开口说正事。我不知道要如何开口，所以就等他发言，刘大爷肯定也在琢磨着要如何开口才恰当。

最后还是他先开口了：“今天天气不错啊。”我忙看看窗外，说：“啊，天气是不错。”刘大爷见打开了话匣子，又说：“嗯，那个，你和萧哲的事情吧，我也了解清楚了。是你做得不对，但是，你不用担心什么，有我在这萧哲开除不了你的。”我点点头，说“谢谢。”刘大爷缩进沙发，把话题抛给我，问：“你有什么打算?”我怔了一下，挠着脑袋说：“暂时没什么打算。”刘大爷走回办公桌：“既然你没别的打算，那就还是安心回去上班吧，把业绩做得更好，跟同事搞好关系。”我心里冷了大半截，太极拳打了半天，又鼓励我又对我提出新希望，结果还是对我没安排，你当哄小孩啊。

刚回公司坐下，小卢就走过来质问我：“你上班时间跑哪去了?”我把脑袋垂在一边不搭理他。小卢继续凑过来，警告我：“以后上班时间不准到处乱逛，否则扣你工资，听见了没?”我恶狠狠地扭过头去，把拳头捏得直响，小卢一看架势不对，赶紧就闪一边去了。

175.

我大部分的书都是在高中阶段读的。其中就读了罗素，知道了支持他活下去的三大动力之一就是“对人类苦难痛彻心扉的悲悯。”此话误导了我很长一段时间，使我一直不够锋利。我虽然不甘心就这么落魄，也想振奋起来，但不能忍受把自己的自尊心撕开，也不敢去面对别人的敌意。我知道我其实是害怕他们。害怕双手沾到血。害怕伤到他们。

后来我依然能感知他人的痛苦，但是，不会再去悲悯。一切都是你我自找的，都是活该的。你能怪狼为什么要去咬兔子么?!兔子成不了猎人，它就活该被咬死。

只是，这个道理，我当时不明白。

176.

林林说：“苏厉，你还是走吧，萧哲摆明了是要赶你走的。”

我说：“再等等。”其实我是不知道我能走到哪里去。

林林说：“你就是这么不果断，你要是一开始就不接他的客户，不就没这回事了么？”

我搪塞说：“这和抢客户可不一样。”

林林说：“有什么不一样？原本就是你不好啊。”

我恼羞成怒：“你干吗总打击我，你不要总觉得就你聪明行不行？”

177.

现在想来，我那时还没能真正做到即使忍辱负重也要坚持着下去的层次，或许，骨子里的学生气还没完全剥离，还喜欢要点小性子，还倔强地不承认这个世界。既然这个世界不喜欢我，那我也不合作，我也不喜欢你。天要下雨人要尿尿，该咋样就咋样去吧。

在这种病态观念的支撑下，接下来的14天时间，是我最像神仙的日子，快乐到虚脱。

每天11点醒来，我会先躺在床上抽半个小时的烟，然后起床洗漱。一般在这个时候，林林就已经下课并且吃完中饭回来了。林林仿佛专门赶回来抓我似的，门还没完全打开她就大喊大叫个不停：“啊！我怎么又闻到了一股强烈的小朋友气味啊，小朋友，你肯定还在家吧？”我这时就会扭着屁股走出来，双手“啪”地把牛仔裤前门扯开，淫荡地说：“小妞，哥哥还在啊，你这么想哥哥啊？”林林又气又着急还想笑，说：“你怎么还没去上班啊？”我金鸡独立，拿起外套，在头顶上甩了一圈又一圈，说：“不着急，不着急，来，让哥哥学刘大爷走路的姿势给你看。”刘大爷腰椎有毛病，走起路来腰部保持不动，光那两条腿扭个不停，所以屁股甩得格外夸张，像一个磨盘在做钟摆运动。

我一边学，林林就一边捂嘴笑，笑完了就拍着我的肩膀催促我：“你快去上班吧，别人都已经上了半天班了哇。”我说：“好的好的，哥哥这就去，小妞等哥哥回来啊。”

大概12点半的样子，我也终于晃悠到了公司，反正上午又没生意，去了也是呆坐着，还不如中午再去，下午有生意的话就一鼓作气赚些银两。这样自己开心得多。

如果我估计下午没生意，那我干脆早退，就起身拍拍屁股走人。小卢若对我唧唧歪歪，我指指他的胯下，意思是别忘了尿血的事情，他就不敢吭声了。

那14天里，我起码讲了800个荤段子给林林听。林林还很天真，经常被我蒙得五迷三道，半夜还在缠着我问。

快到发工资的时候了，萧哲挑起眼角，不屑地对我说：“你这个月迟到了13次，每次扣20块，早退10次，每次扣20块，所以你这个月的工资是250元整。先跟你讲清楚是怕你误会。”

本想冷冷地顶萧哲几句，后来心想还是作罢。

第二天领工资的时候，还是有些牢骚。心想啥迟到早退规章制度都没定，想扣多少还不是随你的便。拿着薄薄的工资袋，我掉头就往外走。小卢在旁边瘪着嘴巴奸笑，我满眼凶狠地看过去，他就又缩了缩，舔嘴巴舔个不停。

178.

又是一个人的下午，我学着林林的样子，趴在阳台上，看阳光恹恹地落满大地。

读学前班时，在老师的引诱下，立下了“长大后要当科学家”的豪言壮语。

小学毕业后，我的兴趣从科学变成了国际政治：“如果美国抽风，非要和中国打一场抱抱架，那该怎么办?”

从这个问题开始，我变成了激进少年，我认为：“累死我们这一代人，也要把国家搞上去。”激进少年当了半个月我就当不下去了，我清楚地记得，那也是一个下午，我坐在沙发上吃火腿肠，突然意识到，吃火腿肠这件事不是在为国家作贡献，倘若要为国家作贡献，那我就应该提着扫帚到街上去扫大街，但我现在确实又想吃火腿肠。要不我把火腿肠带到街上去，一边扫大街一边吃？万一碰上乞丐，那我应不应该把我的火腿肠给他？是给一半呢还是都给？不给他那就证明我自私，给一半那更加证明我自私，想着想着，我混乱了，于是激进不下去了。

转而成为一个知识分子，开始疯狂攻击现实，我在老爸他们乡政府里转了许多圈，发现他们不是在聊天，就是在看报纸——有的看完报纸后还在报纸上练字。回家后，我对爸爸说："你们单位呀，效率低下，啧啧，这是不行的呀，所以，效率要提高，一定要提高！这么多年了，你们就没意识到这个问题么？"爸爸一句话就把我撂倒了："效率提高了，你让多余的人干吗去啊？"

如今我已经不关心大问题了，我只有个人打算，譬如这个下午，我特别想到深圳宝安区买块地开工厂，修围墙，修铁门，造大厂房，再建几栋员工宿舍楼，最后留出一片空地，等我视察完生产情况后，就站在办公室的窗前，看着林林和孩子们在空地上玩老鹰捉小鸡。

179.

谈谈我的想法吧。

人都是见风使舵的动物。我原以为只存在于官场小说中的那些细节，开始在我身边显现。想想这个世界也真是荒谬，就这么一个小小的电脑公司，就能错综微妙成这个样子，简直不敢想象官场里的那些大兄弟们是怎样熬过来的。

我不恨那些背离我的人，因为我很清楚，他们并没有做错什么；我感谢那些坚定着支持我的人，我最终将会给你们以最大量的回报。所以，一切都是这么自然而然，一切都在按各自的方式去行事。

最后我反复琢磨那个问题：如果大马重新进来一次，我还会抢单么？答案是：我还是会去抢，还是会死不悔改直到天荒地灭地球爆炸。

为什么？因为我和萧哲都想做头狼，除了我们分开，譬如像今天这个样子，否则永远不可能停止冲突。

我现在才明白，我不仅仅是想和萧哲抢单，我还想抢他"店长"的位置。大马事件，只是一个开端。

如果我只是想安稳下去，不图进取，那我应该会成为萧哲最得力最可靠的干将。可是，为什么他吃肉，我只能喝汤？我也有能力抢到骨头！

我不知道此种行为在道德上如何评判。倘若这也算符合道德，那未免太纵容我这种人了；倘若这不符合道德，要被坚决制止，那岂不是只允许大家做兔子？反正我愿意承担后果，而且事实上也都承担了，所以我不自责，直到若干年后的今天，直到未来。

想明白了这点，我在心里对林林说："亲爱的，我在潜水，等我浮出水面时，你一定要在。"

180.

"苏厉！"正在打瞌睡的时候，小安的声音把我唤醒了。

我看见小安和一男一女在外面看显示器。

男的先是打量一圈，然后坐下来给我一张名片。名片显示，他姓姜，是雄基监控公司的副总经理。姜老板开门见山，直接告诉我想要十台显示器，要我报个价。我心里一阵激动，迂回一阵后给他报了个不高不低的价格。姜老板没有对我的价格表示意见，转而问我："你们是省代么?"我说："当然是，别家只有零售权，这里面，只有我们既有零售权又有批发权。"姜老板把话挑明了："我们公司以前和你们旁边的那家三和有过合作关系，刚开始还好，可后来不是乱加价，就是做事拖拉，早上打电话要一个硬盘，下午还送不来，所以改为直接从广州进货，一个电话过去，第二天早上货就随着火车到了。"我说："这样的话售后很麻烦啊，你还得把配件发回广州。"姜老板点头："是啊，售后就耗时耗力了。所以今天来你们这看看，若谈得来的话，以后就都从你们这进货了。"

我喊小安给他们二位加水，趁这个空，飞快地琢磨了一下，每台就象征性地赚他五块钱。

成交。

萧哲在旁边冷眼盯着，我看都不敢看他。

我默默地把定金交给阿姝，阿姝立即通知仓库送货。显示器从仓库运来后，我又默默地喊老周搬下去，然后和小安站在停车场里，看着姜老板带着他的小秘书远去。

小安说："人都走了，还愣着干吗，我们回去吧。"

我捏了捏心脏："若这个人没吹牛的话，那一年起码可以在我这拿几百万的货。"小安呆住了："不会吧，这么多?"我终于松了一口气，笑了出来："对，就会有这么多。"小安在我身边雀跃，说要封我为神。

看着小安高兴的样子，那一刻，我很希望小安是林林。

回家后，准备告诉林林这个好消息，想想，还是先忍着，时候到了，再给她惊喜。

181.

我总是在长沙寻找长沙，我怎么也不能相信我就藏在地图上这个不大的标记里。

记忆中的画面来得如此强烈，压得我喘不过气来。

生灵穿梭，风起风落，表情遍地。逛街的人在嚷来嚷去，提着大包小包；清洁工扫来扫去，扫得烟雾冲天。一个公交车司机和一个小车司机互轰："鸟你妈妈!""鸟你外婆!"一个穿黄军装的乞丐跪在台阶上，数着手中的毛票，时不时把手指伸进嘴里沾点口水；一个女娃娃倚在栏杆上，眼巴巴地叫卖着乳罩和透明带；还有一群神秘的人在压低声音盘问路人："要运动鞋不?耐克，阿迪，都有，都有都有。"我蹲在马路牙子上，双手抓头，表情困惑，盯着地上的一张纸发呆，林林目光空洞地竖在我身边，不知所措地着捏衣角，双脚时并时合。

182.

我有强烈的亏欠感，我想好好弥补林林。

林林说平和堂有个好玩的照相游戏，我们俩站在镜头前，照出的，就是我们孩子的样子，按林林的话，那是"小苏厉"和"小林林"。林林说了，她要先生"小苏厉"，再生"小林林"，让"小苏厉"保护"小林林"。林林还说了，她要使劲打扮他们两个，要让"小苏厉"打扮得像王子，要把"小林林"打扮得像公主，要给他们喝最贵最贵的牛奶。

183.

姜老板果然没吹牛，每星期都会带小秘书来新地。熟络以后，除开需要查看新产品，他就不大来了，在电话里告诉我需要哪些货物，一个小时之内，我就直接送到雄基，然后从一个叫笑笑的女孩子手里接钱。再后来，连这个电话都是笑笑打给我的了。为了保证顺利收款，我每次去雄基的时候，总随手带点小玩意给笑笑。

阿姝从我手里接过一摞摞现金，说："苏厉，你这次可发了，要是能抓住这个姓姜的，其他事情都不做，也够了。"

忍了又忍，实在忍不住了，我搬了一件啤酒回家。

林林从厨房里伸出脑袋来，问："这是做什么呀?"我把啤酒放在地上，很自信地拍着胸脯说："把菜端上来再告诉你。"

我一个劲地得意，我想象着林林高兴的样子，比小安还要高兴的样子。

我直接通告林林："我做成了好几百万的生意!"

林林眉头一皱，看样子，她肯定以为我疯了："啊?"

我嫌她的思维跟不上，于是赶紧刹车，一五一十把事情告诉林林后，她一身不吭。我诧异了："你不感兴趣么?"

她说："真有你说得那么好啊?"

我强调说："一年几百万啊!"

林林说："这才一个月，你怎么就说到一年去了，事情没个着落之前你别这样说，也许有变化呢?"

我说："你不相信我？我提前告诉你，无非就是想让你和我一起高兴，没别的意思。起码，刚一个月，他就让我的腰包里多了两千块了，这总不是假的吧?"

林林说："这不是假的。"

我哈哈大笑："两千块啊！两千块啊！两千块啊!"我说："这一次，转机可就真的来了，来，干杯!"

林林望了望啤酒，说："我待会还要去上自习呢!"

我觉得很扫兴，说："难得这么高兴，你今天就陪我喝个痛快吧!"

林林说："我真的要去上自习，你自己喝行不行？"

我说："你就喝半杯意思一下。"

林林说："真的喝不了。"

我说："林林，我把我来长沙那一天起的事情都想了一遍，我想起了很多，我想起了你从最开始陪我找工作，到每天给我做晚饭，到那条牛仔裤，我都想起了，我觉得我让你失望了，你看，我现在没吹牛了，我们真的要过好日子了，以前所有的不好我都会改掉的。"

林林嗫嚅一阵，脸上再次出现极不自在的表情："你不觉得哪里不对劲么？"

我真的闹不明白："我哪里做错了？"

林林说："你哪里都没做错，你根本就不知道自己在做什么，一开始就是，现在还是。这就是你要的生活？你怎么就这么倔呢？你怎么就这么颠来倒去呢？"

说完，她提起书包，噔噔噔地走了。

184.

不知道上帝闲暇时分靠什么打发时间，也许，他会穿着白袍子坐在椅子上，欣赏自己制造出来的，这个深邃得找不到边的宇宙吧。

或许，他在某一天，会无意中将目光落在地球上，更或者，他会看见一个小男孩正蹲在地上使劲折腾一颗核桃。上帝很奇怪，这孩子使劲折腾一棵核桃做什么啊。于是就继续看了下去。过了很久，这个孩子还是没能想出办法把核桃敲碎，把里面的桃仁取出来。

上帝不耐烦了，大好时光，就放在折腾核桃上了，真没出息。于是，他拂拂长袖，让核桃滚出去好远。那个孩子留下一串歪歪扭扭的脚印，无比惊恐地追了上去。慢慢蹲下，把核桃捧在手里，还轻轻地吹了口气，把核桃壳上的灰尘吹散。脸上露出了宽慰的笑容。

上帝发怒了，这孩子是有病还是怎么着啊，居然捧个核桃当宝贝，这算哪门子荒唐事啊，我就偏偏要你失去这颗核桃！他捋起衣袖，举起扇子，一把扇了过去。

核桃就滚得更远了，几乎都要看不见了。那孩子奋不顾身地朝核桃跑去，跑着跑着就一次次摔倒在地，摔得浑身是血，努力着爬起来后就继续追核桃。终于追到了，并且把核桃藏在胸口，左右打量怀疑是不是有人要和他抢这颗核桃。

上帝震怒，如此不顺其旨意的人还是第一次见到，正准备一巴掌扇死这个孩子时，另一个女孩子颠着小步走了过来。男孩见女孩来了，把脸上的血擦干净，把核桃高高举起，对女孩说："看，这是什么?"女孩高兴地拍着手说："是核桃耶!"男孩把核桃递给女孩，说："这是给你吃的。"女孩靠在男孩的肩膀上，说："我要我们一起吃。"

看至此，上帝脸红休矣，咳嗽两声，回去午睡了。

那个男孩是我，那个女孩是林林。上帝所不能理解的是，为什么我宁死也要夺回这颗核桃，为什么林林看见这颗快变成石头的核桃会如此高兴。

因为上帝不知道，这是我和林林仅有的，能让我和她活下去的最后的食物。

逍遥者，不知生存之艰难，谓此核桃干裂且低贱；生存者，独靠此核桃方能继续生命。

我每次刚拿到核桃，就要迫不及待地告诉林林，仿佛我们就一定能吃到桃仁一般。我对林林说过，我们一定会很有钱的，我们一定会很幸福的，我们一定会如何如何。我就这么一次次地用憧憬来填饱林林，让她露出笑容。池莉说："人总要有点憧憬，不能一生出来就直奔死亡。"

一次次地憧憬都没有能够实现，别说林林，就连我自己都开始对此乏味了，边际效益递减同样可以适用在憧憬上。但除开憧憬，我什么都没有了。

我又给林林说了我的憧憬，我这次一定要做到的憧憬，林林已经不信了。

185.

又一次送货收款后，恰逢雄基公司聚餐，我同他们一起吃了顿饭，还见到了雄基的大老板，一个鹰脸鹰眼鹰鼻的男人。大老板给了我一根中华，还向雄基的员工介绍我是"年轻有为的小苏"。饭后，大老板要我到他的办公室坐坐。他说："跟新地的合作很愉快，你们公司确实不错，我们也决定不从广州进货了，全部从你们公司进。"我心花怒放。大老板又说："既然相互信任了，那能不能给个档期，譬如一个月？"我说："这个我得回去请示，你知道的，我没这个权力。"

回公司后，先把货款给阿姝，然后到楼上找了刘大爷。刘大爷见我来了，很是高兴，对我赞不绝口。我把雄基的意思说出来，刘大爷就用手搓起了下巴上的胡茬。刘大婆一会看看我，一会看看刘大爷。一刻钟后，刘大爷说："可以，但是有两个地方要注意，一是要和雄基签订正式合同，二是档期不能放一个月这么长，最多一个星期。"

我当即打电话给雄基，雄基同意了新地的条件。

我说："合同由谁来拟？"

刘大爷说："当然是你。"

费了九牛二虎之力后，我终于将合同拟了出来。第二天恰好是我的休息日，准备好好地睡一回。

186.

似乎又回到了学校的寝室。

听到树叶扫在窗玻璃上的声音，我就从床上跳了起来。寝室里空荡荡的，其他同学早跑了，他们都很"照顾"我，刻意在下床洗漱的时候不弄出任何声响，以便让我一觉到天黑，维持住旷课记录。我偏不想满足他们，看了看课程表，"西经，一教302"，琢磨着这次可坚决不能再旷课了。跑进第一教学楼，又跑进302，可里面坐着的，全都是陌生人。他们问："你有事吗？"我赶紧退出来，回忆起老师以前好像说过要调教室的，可具体哪一间又实在想不起来了。索性蹑手蹑脚地从一楼开始，一间间地找，一直找到5楼，可还是找不到。杵在教学楼的大厅里，不同老师讲课的不同嗓音从不同的方向传来，如一拨拨海浪，冲得我头晕："怎么连教室都找不到了？"我想着赶紧结束，回寝室去，待会他们下课了，碰见我这个连教室都找不到的人，肯定会耻笑我。跑到一教门口，却被经济学老师带着的大群同学迎面堵在玻璃大门后。老师指着我："你是谁的儿子？"我捂着脸逃窜，一边逃一边说："我不是谁的儿子，没有人认识我，我不是这里的……”

从梦中惊醒，一身冷汗。

又快到中午了，手机上有七个未接电话和三条短信，都是小安的。

三条短信重复着同样的内容：“速来公司。”

窗外传来一阵汽车的喇叭声，窗帘动啊动，外面的世界已运转很久了，肌肉和神经一起绷紧，又有一种被抛弃的感觉，心里惶惶然。

出门，下楼，看见了一个保洁，我才稍微安心点。

187.

再走进公司时，姜老板居然没跟我打招呼就来了，萧哲坐在他旁边，然后刘大爷也下来了，再然后他们三个就笑呵呵地出去了。

刘大爷又和萧哲肩膀搭肩膀了。

新地成为了雄基的供货商，但是，没我什么事。合同由萧哲和雄基签了，雄基成了萧哲的客户。

林林又猜中了，我又猜错了。

我看不出这样对雄基和新地有什么好处，但偏偏雄基和新地就不需要我了。

我被萧哲打成了筛子。

188.

爸爸打电话过来，我没接。妈妈打电话过来，我也没接，我看着手机上，妈妈的号码出现又变成未接来电。再出现又变成了未接来电。

189.

小安朝我走来，我起身就走，不和她说话。

190.

下班后，我一口气从公司跑回家，林林仍然在厨房里做晚饭，这个场景，我再熟悉不过了。

我像祥林嫂一样，追着林林，每时每刻跟她讲我的一切，讲我们的一切，我说你骂我吧，你拿起拳头打我吧。

林林被我吓着了。

我似乎得了强迫症，一定要和林林讨论我的存在的合理性，这是一个让我头疼的逻辑问题。

我们的沟通出了问题，我意识到四川话不是一种可以拿来沟通的方言。

最后，我掐住林林的脖子："我们结婚吧！明天就去登记！"

191.

林林再次搬回寝室。

192.

我觉得自己正在一条怎么也游不到岸的河里，无可救药地沉下去。

我曾经是一个很害羞的孩子，曾经睁着天真的眼睛观察这个美丽的世界，那时候，邻居们都还笑我像个女孩。

我的手曾经也很干净，不染一丝尘埃。

我曾经有过的理想是做形而上的人，或摇滚歌手，或作家，或哲学家。

我曾经读过大学，但是很遗憾，我没能毕业。这件事或许已经改变了我的一生。我没有机缘重回校园，所以也就再没欣赏过冬季校园里那漂亮的女生和白发的先生。

我曾经认为自己比谁都有成为那只最柔软的素食动物的潜质，现实却逼我成为一头嗜血的狼。否则，你就没有活下去的权力。

时间继续往前推进，我眼睁睁看着自己一天天接近最终的结局，接近死亡，这是我唯一可以做的事情。

193.

林林搬回寝室后的第一天，我打了个电话过去；第二天，我短信问候；第三天，我决定等林林主动联系我；第四天，我觉得林林应该要联系我了；第五天，她还是没联系我；第六天，再怎么样她都应该要联系我了；第七天，我妥协了。

我问：“如果我不联系你，你是不是准备永远也不联系我了？”林林居然说：“可能吧。”

194.

林林发短信来：“苏厉，我不能陪你走下去了。”

彼时早晨十点，我愣了好一阵，然后垂头丧气地走出公司，垂头丧气地走在街道上，一直垂头丧气地走到杜甫江阁。

岳麓山的雾气一直延伸到湘江的江面上，盘旋多时，久久不肯离去。

雾气中，小渔船、挖沙船、货运船，闹哄哄地夹杂在一起，从我身边开过。

回到空荡荡的家，把自己捂在被窝里，狠命地拍着床板，歇斯底里地吼叫：

“我要怎么办啊！我要怎么办啊……”

195.

直接把电话打到了林林的寝室里，问她：“你是要跟我分手吗？”

林林支支吾吾：“苏厉，我，我好像不喜欢你了。”

我把脸憋红了才憋出一句书面语：“我相信我有魅力能让你重新喜欢上我。”

林林呵呵地就笑了，笑得我很是难堪。

我歇斯底里地大喊：“操你妈！”

林林沉默良久，她说：“你还是这么暴躁。”

我歇斯底里地大哭。

于是，我们又复合了，跟普罗大众那庸俗无聊的爱情故事一样，复合了。

不过她还是没有搬回来。

196.

镜子里出现一头体重超200斤的庞然大物，这就是我。

刚来长沙时我还有点偏瘦，1米84的个子只有160斤，现在长到220斤，已经超过乔丹了，再努一把力，超过姚明也不是完全没可能的事。我拿青春换回60斤人肉，糊在了自己身上。要说肉多也不是什么坏事，只是，人和猪一样，过了少年时期，肉就老了，所以，身披这堆不知从何而来的肉，感觉总是不清爽。

林林以前有很多让我如今怀念的坏习惯，其中一个就是，非要等我起床了她才去忙她的，如果我赖在床上，她就围在我身边除开正事不做，其他什么事都做，尤其会给我添麻烦，一会儿要研究我的手相，一会儿要检查我的耳垂，一会儿要给我扎辫子。最过分的那回，她居然在我的胸膛上探索个不停，探索了十分钟后，她又惊又喜，嘲笑我的“小豆豆”怎么就这么一点大，“哟哟哟，比 1/5 粒米还小，你也来看看”。把我彻底惹火了：“你自己出去玩吧，我不要你了！”她赶紧把她的眼角往下一拉，说：“还凶，还躺在床上，还不出去锻炼锻炼！我可告诉你，你现在就是这个样子，胖得眼皮都下垂了。”

肉的悲剧就在于它往往是人钝化后的产物。

人突然变胖，是因为失去了锐气。

我看着自己的身体，陌生的身体，坏死的身体，它们丑陋到发臭，让我难以接受。

不做大哥好多年，不做帅哥也有好多年。

我已经忘记自己原来的模样了。

197.

跟林林进入了一个怪圈。

我是个回短信回得极快的人，而她回短信回得很慢。她的短信一到，我就激动不已，赶紧就回她，她还是回得很慢，我就难过，于是我就不回她了，十分钟后，我后悔不迭，忍不住了，回了她，她还是回得很慢。等到后来我就像钓不到鱼的渔夫一样，直接把渔竿扔了。

我气吁吁地打电话过去，她根本没把这当一回事：“什么？怎么啦？哦，刚才我手机没放在身边。你这么大惊小怪干吗？”

我说：“跟你发短信可真是折磨人。”

林林说：“那你就不要跟我发。”

挂上电话，我心想，林林什么时候变得这么厉害了？

198.

我现在吃过中饭后就睡觉，一口气睡到晚上 11 点，肚子饿极了，暂时又不想出门，开始抽烟喝茶，喝着喝着，奇妙的感觉上来了，好像有一块抹布在抹我的胃，我继续喝，变成一个铲子在铲我的胃，我使劲喝，感觉我的胃越来越干净，茶水喝下去都会有明显的摩擦力。

喝饱茶后，出去吃饭，只有津市牛肉粉店还开着门，要了一份牛肉炒粉，满满一口炒粉吞下去，就知道刚才把胃喝烂了，仿佛吞下去的不是牛肉粉，而是一团火，烧得眼睛都红了。平静下来后，我小小地又吞了一口，就那么一口，根本下不到胃里，又从嘴里吐了出来。

我猜这份牛肉炒粉吃到天亮都不会吃完，于是要老板娘帮我打包，我提回去吃。

一点点地吞，边吞边吐，吞吐了两个小时，终于消灭了它。

199.

我曾在回家的路上停下脚步，从外面打量我们的家。

自从与萧哲干上以后，我的趣味就低了，我不喜欢那些冠冕堂皇的建筑了，转而喜欢上了那些灰灰的居民楼，式样越老越好，外表越破越好，如果还有花裤衩花乳罩点缀阳台，那就妙不可言了。

对着那些居民楼，我很有些惆怅，他们就这样像蒲公英的种子一样随意散落着，转念一想，别人远远地看着我们的家时，也会有这种惆怅，所以，人人都有合理性。

只是，我把自己存在的合理性，弄丢了。

200.

林林回去几天，我裤裆里像倒挂着一个千斤顶加两个铅球。

按捺不住之下，我给发了条短信："想做爱。"

这条短信回得很快："我在寝室。"

201.

科大学生公寓楼的围墙不知是哪个书呆子设计出来的，非常缺德，一点都不与人方便。上面插满红缨枪就算了，而且还沿着一个土坑而建，围墙里侧距离地面只有三米，围墙外侧却有十米。我爬上去，坐在拐角的水泥柱子上，手揪两个枪头，突然一阵眩晕，屡次有朝围墙外侧跳下去，成为长沙罗密欧的欲望。

一段时间没见了，林林光彩照人，不再是那个灰头蓬脸的女孩了，我搓搓手，很是拘谨。

她们宿舍四个女孩，本来有四个在外面租房子住，林林回来了，就只有三个在外面租房子住了。

我趴在林林身上，无论如何都觉得性交是个不可思议的事情，一想就软，无法上角斗场。

我说："你上来。"

一会，林林说："怎么又软了？"

我自己手动一阵，差不多时才再次勃起，赶紧开始，不到十秒钟，我就缴械投降了。

我不甘心："你等等，再来一次。"

半小时过后，我拍拍林林的屁股，示意她下来。

林林问："到底怎么了？"

我心甘情愿地说："阳痿了。"

我觉得我是真的废掉了。被这个该死的城市，被那些指示给我牛逼和傻逼的人。

我还要不要存在下去？

第六章

兄弟，我背着你走

202.

长沙，还是长沙，还是我的长沙。

这座精神胜利法的城市；这座热天热死冷天冷死的城市；这座自以为很喜剧的城市；这座你要招呼它发宝气的城市；这座富有乡土特色的城市；这座社会财富主要用来修路再挖路、建房再拆房的城市；这座楚狂人越来越少，泥腿子愈来愈多的城市；这座五星酒店大堂里有泥巴，“一生之水”和臭豆腐摆在一起卖的城市；这座今朝号称要在橘子洲头竖起一座比纽约自由女神更高的屈原雕像，明朝宣布要同株洲、湘潭合并为“大毛泽东市”以便在尺寸上大过武汉的城市；这座乱世而生却又苟活于盛世，琢磨着扭转乾坤却连自己的裤带都系不好的城市；这座虽不够好但足够让人喜欢的城市。

我住在河东，但更喜欢河西。吵了多少次要去河西爬岳麓山，没一次成行。这一次成行了，人又少了一半，时间也换成了晚上。月光和山风都挺大，造就满山晃动的银树。一对对衣衫飞舞的湖大恋人，像朝圣的精灵，手牵手，朝山顶盈盈飞去。

山顶的亭子里有两位身着民国学生装的姑娘在奏乐，一为琵琶，一为古筝，正在演奏《小城故事》。我买了杯茶，坐在亭子外的石头上，开始打量河东。

这是我第一次俯瞰全城，很不情愿地确定它又小又熟悉。

203.

我很是怀念来长沙报到时，它给我的又大又陌生的感觉。

我记得哪些事曾发生过，它们历历在目，数起它们来，就像数冰棒棍一样准确无误，但也仅仅是数冰棒棍了，数完了就没我什么事了。

我认为这是不够的。

头皮都回忆麻了，越回忆，就越回忆不起我，我们，所有人，当时的表情。

我记得我们有过真正的喜剧，我记得我们有过真正的悲剧，怎么一转眼，只剩下正剧了？

强制自己去回忆，无异于去逗一只已经死掉的鸽子。

对于这些表情的忘却，让我很是不甘，还有一种被戏弄的耻辱感。

仿佛有人告诉我："你只是玩了场虚拟游戏而已。"

我极端愤怒又极端忧伤，只可惜，极端一会儿，就极端不下去了，某种动力已经消失，再极端，就会变得矫情和虚伪。

我平静地接受了我大脑里的影像。

204.

老钱终于有消息了。他被打死了。

阿妹说，老钱估计是穷疯了，跑到人家家里去偷东西，被那家老头发现了，老钱拿起台灯就去敲老头的脑袋，不料老头很是勇猛，从床底下摸出哑铃就砸了过去，老钱的脑袋就像一个从高处落下来的西瓜，当时就去了。

空气中浮现出老钱的样子，那憨憨的笑容和笨拙的样子。依稀记得他那次没烟抽了，嘻嘻哈哈跑到我跟前用"长沙式英语"对我说："撕缪克撕缪克。"我好一阵才反应过来，给他一根烟，他就像个大孩子一样，高兴地直对我点头，还表扬我："嗯，你英语听力还是不错的。"

我无论如何接受不了，这样的一个大活人居然瞬间灰飞湮灭了，万世轮回，也不会再出现老钱这个人。

我在老钱身上看见了自己的影子，我也一样，为着生存，遮盖住满身伤疤，恨不得想尽一切法子去换回幸福。老钱最后只能去偷，只能被打死了，我又能好到哪里去?!

想到这里，我就愈发悲凉，从心底最深处开始悲凉。

老钱已经魂归西天了，可是我还要走下去。可是，我的路，在哪里？

跑到三楼，我直接把门推开，对刘大爷说：“我休四天假，四天后再来上班。”

刘大爷鼻孔哼了一声，以示批准。

下班时，小安问我：“你是不是不准备来了？”

我看了她一眼，没说话。

205.

我揣着查到的老钱家的地址，坐中巴来到浏阳的城乡结合带。

下了车，抬头就看见一张海报：红遍东南亚的香港著名影视歌三栖明星欢欢，今晚将在乡中学举办个人演唱会。

找到花圈店，买了一个花圈。问明白地址，店主帮我把花圈绑在背后，然后坐上摩的，尘土飞扬了好几公里后，听到了放铳的声音，我下了车，走上田埂，向人头攒动的那户人家走去。

一个中年人迎出来，对我行半跪礼，我回他一礼，把花圈交给他。

几分钟后，我又重新看见了老钱，躺着的老钱。

晚饭时间，桌椅摆满晒谷场，饿极了的人群从四面八方赶来，开始海吃海喝。

我又喝到了“邵胡子”。

坐在我对面那对双胞胎兄弟，吃蛇肉的功夫堪称艺术，像梳子梳头发一样，用筷子夹着蛇肉，在嘴边梳过，呼呼作响，连皮带肉就被吸得干干净净，蛇骨头都不是吐出来的，而是从嘴巴里弹射出来的。

看着众人吃得如此开怀，我悲伤地想，如果老钱能爬起来参加这场宴会，他该会有多高兴。

一辆农用车冒着黑烟，像只剧烈咳嗽的野猪，一拱一拱地来了，拱到老钱家，放平车厢，搭上木板，挂好彩灯，一个简易舞台就成了。把人群吸引过来后，这支农村表演队就开始表演下三滥的节目，我走过去的时候，正在表演一个瞎子摸寡妇，瞎子从寡妇怀里抽出一个胸罩，拿在手里一甩一甩，反复问寡妇：“这是什么？这是什么……”

他们一边笑就一边跟我说，人越多，主人家就越有面子。

他们一边笑就一边跟我说，只有老钱的坟地好，四周都是石头，刚好中间能挖出一个棺材洞，顺着石头挖下去，笔直笔直的。

此时，死者一个人躺在屋子里，活着的人假他之名，都在外面津津有味地打着饱嗝看戏。

我进屋点了两根烟，一根给老钱，一根给自己。

进来几个男人，提着赤脚医生式的出诊箱。他们从箱子里掏出一个大注射器，从一个大瓶子里抽取了半筒水银。我觉得不妥，站起来拦住他们："要不要喊他的家人进来？"他们嫌我多心了，笑着说："不用了不用了。"然后把注射器扎进老钱的肚子，把水银注射进去。

我把脑袋扭向墙壁。

206.

我是电脑城里唯一去送老钱的人。

从浏阳回来后，我连门都不出，要么在床上睡觉，要么在沙发上胡思乱想。

207.

睡得迷迷糊糊时，被敲门声吵醒了，一开门，小安站在外面。

我看看手表："你怎么来了？"小安说："不欢迎么？"我做了个请进的手势："你今天应该是要上班的啊？"小安说："跟你一样，请假了。"

小安在客厅里转了一圈："你不是吹牛说你的家是乱而不脏么？怎么看上去，是又乱又脏啊？"我打了个哈欠，颇难为情："懒，没打扫。"小安问："是不是没睡醒？"我打了第二个哈欠："有点。"小安说："那你再去休息会吧，我来打扫卫生，忙完了我再喊你。"我说："不用不用，我自己来就行了。"说完，我就打开门，把楼道里的巨型垃圾桶拖进来，如数把家里的垃圾往里面扔。

把垃圾清完后，我又把垃圾桶拖回楼道，然后坐下来抽根烟，烟刚抽完，就在沙发上睡了过去。

被小安喊醒时，光洁的客厅地板砖上映射的阳光耀得我睁不开眼。

桌上已经摆好了饭菜，小安从厨房走出来，笑得很像最初的林林。

她解下围裙，对一脸愕然的我说："我到门口去给你买点啤酒。"

楼上楼下，午间新闻熟悉的调调，夹杂在高压锅的冒气声中一并传来。

208.

小安说："出去玩吧。"我说："去哪？"小安说："去好地方。"

我们先坐车到河西高叶塘，在巴士站换乘另一辆公交车，从高叶塘顺着湘江往北走，过了银盆岭就觉得荒凉起来，然后到了一个光从名字听来就觉得孤单无比的三汊矶，这里已经和乡下差不多了，到处都是老筒子楼，老网吧、老桌球室、老舞厅和街边坐着的老帅哥、老姑娘。

三汊矶过后湘江重又出现在我们的右手边，左手边则是大片沿江而建的工厂，最后，到了商学院的北津学院，这里是公交车的终点。扔下我们后，公交车掉头就撒丫子跑了。湘江到了这一段，和一桥时的样子很不一样，这里的湘江更为凝重。我们沿着湘江往前走，走着走着，稻田出现了，水泥路没了，我们走在了土路上，前不着村后不着店时，湘江中浮出了很大一块陆地。

小安跳来跳去："月亮岛到了。"

209.

眼前的土地是个有号召力的父亲，他没有沉默，他有他的倾向，他有他的姿态。

在岛上转了一圈后，我靠着岛中央的大樟树坐下，像个真正的哲学家那样，想了想终极问题。

答案出来了，异常简单，四个字："打发时间。"

一切都是不可能的，一切都是无意义的，所以终极问题就是要找到喜欢的方式把时间打发掉。

我挺喜欢我现在打发时间的这种方式。

我同我以外的任何非我，实质上是没有关系的。

210.

我想起萧哲。想起他和我讨论“美国会不会打伊拉克”，想起他带我在电脑城里巡游。想起他和我游泳。想起他把我打成筛子。

我想起林林。想起她陪我吃一个月方便面，想起她过生日，我只能陪她买青菜；想起她为多买一条200块钱的牛仔裤自责；想起她抱着我哭着说，贫贱夫妻百事哀。

我想起了张影。想起只要一个念头，那么年轻的生命，可以于一瞬间化为乌有，而外人可以那么无动于衷。有她的世界和无她的世界绝无不同。

生，或者死，都是她自己的事。

我又想起了老钱。想起了这个被生存所迫所以去偷去送上门让别人打死的男人。他不是张影，他不想死，他想活下去，可是他没有做到。不管我对老钱有多少感情，我现在都必须承认一点，老钱是一个无能的男人，是一个弱者。死在别人的拳头下是弱者唯一的路。

我不会是张影。那我会不会成为老钱第二？会不会只是比他多支撑些日子？会不会只是死得比他好看点？现在的我，也已是走投无路了。

我同时意识到一个问题：为什么偏偏是我，而不是公司的其他人，夹进了刘大爷同萧哲的斗争中？

如此说来，我和他们毕竟不同。虽然我几乎要被萧哲玩到出局了，但这是个好事，起码，地球上的某个游戏已经与我有关了。

我该如何让这个游戏继续下去？

211.

回到家。一把拉开窗帘推开窗户，我又看见了长沙的夜景。

这是我如此熟悉而又如此陌生的景象。熟悉到从我第一天来长沙起，就欣赏过了；陌生到我从第一天来长沙起，就没好好领略过。

冷风呼啸而下，眼界豁然开朗，远处、近处、四周，满是闪烁的灯光，像是一片点缀了无数浮灯的大海。潮水席卷着欢声笑语一次又一次向我肆无忌惮地袭来。看那道路上飞驰而过的汽车，看那路边散着步的行人，看那光鲜的水泥建筑，多么繁华，多么艳丽。

那么多人那么多家庭就寄居在这座城市里，他们占据了每一个窗户每一盏灯，或许，他们每一个人都有一个温馨的故事。

我也要真正拥有其中的一间房子，拥有其中的一盏灯。凭什么我就只能以一个端着方便面，啃着大白菜的边缘者的身份去欣赏这种盛世繁华？

远处传来了张楚的《姐姐》，我像被点燃了一样，张开我的喉咙，朝这座城市大吼：

“我要操死你！”

我突然觉得这座城市不过就是一个妩媚妖娆的女人，是一种阴柔的存在罢了，她在挑逗我，她敢挑逗我我就敢操她！

我再一次想起了老钱。我终于接受了老钱只能去死这个事实。

老钱，你空长了三十几岁，居然没有想过要强奸这座城市！居然没有想过要做这个城市的主人！你和我一样，无可依靠地游离在体制之外，必须靠自己艰辛觅食，可是你不懂世情，没有狠劲没有杀气没有欲望，你就只能是这个城市的祭品，祭在城市的牌位前！

吃饭的重要，大过天。在电脑城这样一个混乱，没有严格管理体制的社会里，只有狼才能生存下去。狼不吃兔子，那狼怎么活？

想跟我谈道德么？兔子也可以正义凛然地跳着脚指点狼的鼻子，却只能守着碗里的“北京”牌方便面，口袋里的劣质香烟，女朋友身上的旧衣服和强堆出来的笑容，等待着被狼吃掉。这就是道德，狼的道德！

我有些站立不住了，不是因为扶栏望远而眩晕，不是因为吹了冷风而哆嗦，我是，感觉血管里的血液在沸腾。我退后两步，让眼神直勾勾地看着苍穹，想让自己冷静下来。

无济于事，脸部抽搐，四肢僵硬，只剩下血管的血在汩汩流动，在龇牙咧嘴地窜动，我都快承受不住了，大概要割开血管放血才不会这么憋得慌、烫得慌。

体内的魂魄，在此刻，在我站在窗户旁看着万家灯火，欲望无限扩展的此刻，终于归依本身，终于不可阻挡地回来了！

越来越热了，热得我想光着膀子，赤裸身体去招揽吹过的夜风。我恨死自己前一阵的表现，我恨死自己性格里的软弱和退让。我要慢慢地用剔骨刀把骨头上依附的最后一丝怯懦，最后一丝束缚我手脚的毒素，全部刮个干干净净。我要体悟到何谓脱胎换骨。电影《鬼子来了》实在是拍得入木三分，姜文使劲地嘲讽我们这个民族身上那愚昧的羊性，虽然有很多正人君子在为这种羊性叫好，但我再不要让这种悲剧在我体内轮回下去！

我把自己重新组装了一遍，我决定要从此刻开始，把握好每一秒钟的捕食机会！我决定立马就要去争取我的生存空间，我现在就要以新面貌去找刘大爷，主动去跟他说清楚，跟他表明我的决心和意志。是的，一秒钟都不能耽搁。

不多想，赶紧穿上衣服，直接打了个电话给刘大爷。

“谁呀?”

“我，苏厉！我现在来找你，我有话要跟你讲!”

“啊？我都快睡觉了，明天再说吧。”

“不行，我现在必须来见你。”

“好吧，好吧，那你来吧。”

我放下电话就朝着刘大爷家跑去，从刚才看见的无数路灯，无数行人，无数水泥建筑旁边穿梭而过，我越跑视线越清晰，方向感越好，我越来越接近我要接近的了。

冲到刘大爷家后，我弯下腰，双手撑在大腿上，大口喘气。刘大爷还笑着跟我开玩笑，说：“什么事这样着急啊，莫非你女朋友给你生了个大胖小子，你赶着来报喜?”说完后自顾自地笑个不停。

我说：“你是不是觉得我休四天假以后就不会再来上班了?”

刘大爷眨了眨眼，说：“不错，我看你那个样子，就觉得你是撑不下去想滚蛋了。”

他的话音刚落，我把手猛地一扯，像是要把我和刘大爷间的隔膜扯掉一样，大声朝他说：“不，绝对不，我说过我休息四天，现在就是第四天的晚上了，我明天一定会准时上班的!”

刘大爷看着我，不动。过了一秒钟，点点头，说：“不错。”

这天晚上，我和刘大爷聊了很久，我说话基本上没头绪，想到哪就说到哪，越说越激动，越说越振奋。我用鹰隼般的目光洗净了脸上最后的温存。

临走时，刘大爷拍拍我的肩膀，说：“好好干，别让我失望。”

212.

回到家里，我走进卫生间，把门反锁好，脱掉全身衣服，就这么赤裸裸地面朝镜子。

我想象眼前出现了一万个萧哲的面孔，我命令自己对他笑，对他真实地笑。可是我一想到那张脸，就一点都笑不出来，脸上的狰狞之气倒愈发明显。我一遍又一遍地尝试，仍然无果。先掐脸再挤脸后揉脸，可是只要我的手一松，狰狞立刻复现。

耸耸肩，把衣服咬在嘴里，用后背使劲去蹭水泥墙壁，蹭到我全身肌肉绷紧，每个细胞都最大限度地承受起折磨，痛到我连咬衣服都咬不住时才停下来。失去皮肤的肌体一接触火辣辣的空气，就像被一万根针刺过一样。我喘了几口气，再次面对镜子，尝试着笑给萧哲看，操你妈的，还是笑得跟鬼一样，明显不真实。我不惩罚自己，这面部神经就不按大脑的指示去活动。

只能再蹭一次了，说实话，我都痛怕了。可一想到如果我就这样放弃，那之前蹭的不就成了活受罪了？又咬紧衣服，再一次使劲在墙壁上蹭起自己的后背，这次不仅痛得大叫了出来，而且还半昏厥般地倒头撞在了门上。好不容易才扶着墙壁慢慢站了起来。

我趴在镜子前，打量自己满是虚汗的脸，反复对镜子说：“萧哲你好，萧哲你好，萧哲你好。”

然后我就看见自己就这么微笑了出来，虽然还有点像哭，但总算勉强成功了。

我很满意，很有成就感。

用卫生纸随意擦了擦背，本以为后背只是破了点皮而已，这一擦不要紧，大半张纸都被血润透了，就这么贴在了后背上。我弯过手去，一点点将碎纸碎皮撕起，扔到便池里，冲掉。

镜子里有一张鹰隼般锐利，然而微笑着的脸。苏厉的脸。

我对苏厉说："兄弟，我背着你走。"

213.

天又亮了。

我慢慢撑起来，坐在床铺边，若有所思地发了一阵呆。低头看了看手表，起身走到卫生间里把自己打扫干净。洗漱完毕后，拉长自己的脸，对着镜子笑了起来。效果不错，看来昨晚上的训练还是很有效的。

保持住了这个笑容，走在了去公司的路上。这条路以前走起来没什么特别的感觉，当然，今天也没什么特别的感觉，一切都熟悉得发腻。

公司的闸门已经开了，我走近的时候，小卢正蹲在门口和小庄聊天，我对小卢、小庄点头笑笑，他们俩大吃了一惊，都踉跄着站了起来，像看怪物一样看我。我没管他们，直接走进去，和已经到了的同事们打招呼，虽然他们中有些人没理睬我，但我照样微笑着把烟递了过去："伙计，来一根?"老国走了过来，拍着我肩膀说："你怎么这几天都没来上班啊?"我故意大声说："休息了几天。"

老彭、小安随后就来了，小安一看见我就又蹦又跳起来，她说："我就知道你会来的。"我招呼他们坐下。随意问了问这四天来公司的情况，然后估摸了一下时间，觉得萧哲快来了，示意他们离我远点。

点起一根烟，就等着萧哲进这个门，跟他重新打交道。抽完烟后，我用中指一弹，烟头就飞出老远，火星四溅。再一抬头，萧哲进来了。我起身过去，把训练了很多次的微笑摆起，把烟递过去，萧哲虽然有些惊讶，但很快掩饰过去了，接过烟说："这几天休息得怎么样?"我说："睡了四天觉，睡得双眼发黑。"萧哲哈哈一笑，说："那就好那就好，少了你还真是不行啊。"

基本上，除开阿姝，店面其他角色我都打过一遍招呼了。完成了第一个转化，那就是笑得出来而且不心虚胆怯。

命运被我自己活生生地拐了个弯，朝着一个我以前根本就没想过的方向不可遏止地奔去。之前自己想了又想的那些道理，明白了有什么用？做出来才是真的！管他妈的，先趿扈着勃起来，然后冲上去！我分明听见上帝在呐喊："小子们，上啊!"

214.

我把家里凡是没用的东西一律当垃圾扔掉，把家清理到我满意为止。

我很明白自己将要完成的属性转换。以后，一旦脑袋里出现诸如道德宽厚仁恕之类的绊脚石，我就要像清理垃圾一样，干脆利落地把它们清理出去。我只要留下锋利的爪牙就够了。我不是盖茨的儿子，想要过自己想过的生活，就要走这样的路。我背着沉重的十字架，怀着不可告人的秘密，走向茫茫无边的草原深处。任耳旁鬼魂呼啸，夹杂着无数哭泣声。

花园，大理石台阶，绿草地，落地窗旁边的三角钢琴，古希腊式的白袍子，所有这些理想中的词汇，都离我很远。我还是把手上的每块能抓到的肉先吃干净了再说吧。记得把手指甲缝里的也舔干净。

以后，我就是个完全与纯朴挂不上钩的人，要作孽，索性就沉醉于黑暗之中。

215.

爸爸打电话过来，这回，我接通了。

他说：“喂。”我说：“喂。”

沉默良久。

他说：“只要知道你还活着就行了，去做你想做的事情吧。”我问：“妈妈在旁边没？”他说：“在。”我说：“要她接电话。”

216.

我对着电话那边的哽咽，轻轻地说：

“妈妈，我想你了。”

217.

林林依然在她的寝室。零星发短信给我，都是关于什么星座生肖之类的测试短信。

我是真的没心思回了，我觉得她很无聊。

她还是继续发。

我继续不回。

我发现，我们彼此感兴趣的东西，越来越不一样了。

218.

小安是湘西人。

她还有个弟弟，姐弟俩读书成绩还不错。有一天，她的爸爸，一个喜欢抽水烟的精瘦男人，把她和她弟弟叫到堂屋里，说："爸爸没能力，只能供一个。"小安二话没说，起身就出去割草了，一边割一边哭。

我观察过她的手，有些粗糙，和林林钢琴八级的手，有比较大的区别。

这事不能怪小安。

小安喜欢在马路旁吃麻辣烫。她说，这个实惠，而且刺激。

有时下了班，她会邀我一起去，一边吃，一边汗津津地说："你也吃嘛，可好吃啦。"

我说："嗯，吃。"

219.

我又可以全力以赴地去寻思公司业务了。

这种古董级的坐店经营模式太被动了，我考察了两周，决定主动出击。

萧哲毕竟是店长，并不反对扩大业务："那你就去试试吧。"

下午还是在公司上班，上午我就提着名片和报价单，在长沙的街上窜来窜去，有时是老彭跟着我，有时是小安跟着我。

一不留神，又走到了雨花区区政府的大门口。我记得我和林林曾在这里的宣传栏上贴过"小异策划工作室"的第一张广告，我对小安说："不如进去玩玩。"

让小安不敢相信的是，我居然还真地带她进了办公室主任的办公室。

主任给了我五分钟，我简单介绍了公司资质，然后表明我想承包区政府所有的IT设备和服务。主任说："我知道了。"

我点点头，在外面把门带上时，瞅见主任把我的名片扔进了废纸篓。

220.

这种主动模式还是有它的作用的，我捞到了长沙职业技术学院四间电教室的小工程。

棘手的是他们要我连同电教的桌椅也一起解决，尤其是那个老师用的桌子，非得按他们的要求定做，我把这一项踢给卖电脑桌的老吴，老吴又踢给造电脑桌的老孙。

职业技术学院在芙蓉区一个叫“火星镇”的地方，一路上经过火星大道，火星商场，火星百货，火星网吧，火星派出所。

在火星镇忙活了整整三天，终于忙完了，我坐在椅子上，望着黑板发呆。然后高兴地在教室里走来走去，还玩起了读小学时玩过的游戏，张开双手，放在左右两个桌子的边缘，再迅速往前冲，从最后一排冲向第一排。

忽然间，一阵生痛，左手食指被桌边翘起来的铝合金划了一道小口子，血一下就渗了出来，我垂下手指，看着血一滴滴地落在地上。

221.

电视上，某某人在讲述儒家思想，台下坐着很多恭敬的耳朵。

世上本没有统治者，而是一群人自愿成了被统治者，然后另一群人才顺理成章地当上了统治者。

都用不着别人动手，就自己把自己捆起来，满脸亮晶晶地仰着脑袋，还生怕别人不相信，还要努力表明这是多么的快乐。

222.

小安在我怀里。

这个事实让我始料不及。

小安今天生日。下班后，我匆匆赶到王府井商场，给她选了个 Hello Kitty 的钱包，然后再赶到田汉大剧院对面，小安的阿姨家。小安帮我开门时，我被满屋飞舞的蝴蝶吓到了，那是她的一群女朋友。

玩到凌晨，其他人陆续离去，只剩下我和她。

大概就是这时候，我拉了她一把，大概也就是这个时候，她往我这边坐了一点。总之，在没看清楚是怎么回事之前，她就在我怀里了。小安不敢和我四目相对，只敢看着我的衣领，很显然，她没有发呆，因为我也没发呆。

我突然狂躁，把她抱到床上，扒掉她的衣服，看着她的身体一点点都露了出来。小安浑身冰冷，牙齿咬得紧紧的，像一只小鸟一样直哆嗦。就要进去的时候，我喘着粗气，停了下来。小安抱着我："怎么了？"我说："没什么。"

小安慢慢地把衣服穿上。

我拍了拍小安的手，说："我要走了。"

小安送我到了东塘，我说："你回去吧。"小安对我挥挥手："好吧，你路上注意安全！"走出几步，又回过头来，忽闪着眼睛对我说："我今晚很高兴，真的。"然后，我就看着她一个人蹦蹦跳跳地走过路灯，走向黑暗。

223.

第二天看见小安时，我有些尴尬。

小安出乎我意料地，不仅没有提起昨晚的事，而且表情平静。

看来我低估了她。

224.

手机里有一条未读短信。是林林发来的，说她好难受。

她问我："你是不是瞧不起我？"

我走到街上，回拨了一个电话给她，刚接通，巷子里冲出的一辆小三轮把我撞倒在地，手机摔得老远。我重重地摔在地上，好半天才爬起来。

我把电池重新装上，却不想打给她了。我不知道该和她说什么。

225.

林林又搬了回来。

林林说："我生病了。"我问："哪里病了？"林林说："重感冒。"我着急了："重感冒？"林林说："已经转为发烧了。"林林说："今天下午才退烧的。"

林林想起一件事："刚才是怎么了？"我说："哦，没什么，手机没拿稳，掉地上了。”

我突然想起小安。不知小安在做什么，在路上？在吃饭？还是在看《新闻联播》？

226.

黑夜里照样一盏调到最小的台灯。

林林在下面说：“还是不行？”我点点头。

林林说：“要不去医院看看？”我说：“没必要，估计是最近太累的原因。你看，胡子还是照长不误，证明关键部位没坏掉。”

227.

小安兴冲冲地问我要不要搬出来，她说我一个人住那么大的房子太浪费了，而且离公司还远。

我说：“我不是一个人住。”

228.

刘大爷此前对我的三心二意，让我觉得他是一个危险人物，可我又必须要靠着他，想来想去，我想到了阿妹。

捆不住你，我还捆不住你女儿？

捆住了你女儿，我还捆不住你？

你能把我的头弄大，我也能把你女儿的肚子弄大。

229.

我顺着阿妹的屁股一路往上，第一次认真打量起了这个女人，我惊讶地发现这么一个大活人，居然一直就在我的生活里，当然，她本来就在我的生活里，只是到今天我才确认了一个本来就存在的事实。

这是个有张鹅蛋脸，体态较丰腴的聪明女人，喜欢略施胭脂，但从不会过分。有点骄傲，严格来说，对人有点冷淡。

走到阿妹那里，小声说：“那天晚上可是打扰你了。”阿妹说：“不会，你来上班了就好了。”我又说：“我前阵子下班后在公司附近乱逛，看见一个小偷在偷一个女孩的钱包，我还以为那个女孩是你，所以上去踹了小偷一脚，后来才发现那不是你。”阿妹一下子就来了兴趣，说：“哦，你还敢去踹小偷啊，他们好凶的。”我“哼”了一声，说：“我怕啥，我以前练过武的。”阿妹说：“那你给我说说练武的事情吧。”我说：“现在刚上班，还有些忙，等不忙的时候我再给你说吧。”阿妹努努嘴，说：“那好吧。”

我走了回去，继续坐下，我知道，阿妹上钩了。

为了摆脱无聊，把时间磨掉，每个人都在找方法。阿妹找到的最好的方法就是和我聊天，听我有条不紊地讲述“苏厉的故事”。

我故意坐在那里不动，等着阿妹在那里等不下去了，跑到我身边来听我讲故事。她还果然就凑了过来。

我对她笑笑，说：“现在开始讲?”

阿妹说：“快讲，快讲，我实在没什么事情可以做了。”

我说：“你知道我为什么不吃狗肉么?”

阿妹说：“你不吃狗肉的呀。”

我点点头，阿妹摇摇头。

我说：“这是小时候练武定下的规矩，因为天下所有练武之人都不吃狗肉。”

阿妹问：“你跟谁学的功夫啊?”

我说：“这个话题说起来就长了。我曾祖父是放排人，本来就有武功，后来定居在湖区，专门跟别人习过武，抗日战争时期还组织过湖区保卫队，专门杀日本人，我曾祖母就是那样爱上了他老人家的。”

阿妹打断我，说：“不错嘛。”

我点点头，一路而下，说完曾祖父抗日的故事，又说祖父跑去朝鲜杀美国人的故事，接下来说父亲用一身力气帮别人抬拖拉机的故事，最后说到我这里，无比唏嘘，只剩下了去工大打架的本事了。

我有100个故事，我就只告诉阿妹30个，剩下的70个我继续吸引她，让她把我看成猜不透的谜，对她保持一种吸引力。只露出一个角的冰山才是最能使人猜测和想象的冰山。

我跟几千年前的老子一样，天生就是装逼的神人，一装就像，一装就灵。

230.

今天休息。

早上醒来后，林林照例去上课了。枕边有一张小纸条："亲爱的，你好好睡，等我回来给你做饭。"在感叹林林对我越来越好后，我起床洗漱。

坐在窗户边，回忆了一下昨天的顺畅，心想也该理一理我和萧哲的事了。难道我就真的只能这样让他压着？我不走，就只能他走。

想着想着，似乎有些头绪，我于是随手在草稿本上写了几个关键词和一些线条符号。

突然间肚子里面鼓声大作锣钹齐鸣好似抗议，看来昨天吃东西还是吃太多了，把肚子都给吃坏了。攥着卫生纸，哼着调子蹲在厕所里。

半天后，我提着裤子，腰酸腿麻地从厕所里出来。陡然间看到林林站在客厅里，手拿我的草稿本，像不认识似的看着我。

"苏历，告诉我你想干什么？"

231.

为了避免任何的不愉快，为了避免让自己泄气，我决定保持沉默，远远地保持沉默。我不再说话，我只友好地微笑。你想怎么认为就可以怎么认为，但是不要告诉我，因为我不喜欢，我真的不喜欢。

而且我特别不喜欢你质问我。

你是我唯一不设防的人。我把自己那么毫无遮掩地奉呈给你，你必须能明白我，明白到骨子里。

232.

我耸耸肩，没有回答她的问题，而是说："把草稿本给我。"

林林说："不给，除非你给我解释清楚你想做什么。"

我说："你已经看到了。你别激动好不？你现在准备午饭吧，我肚子饿了。”

林林坐在沙发上开始流泪：“你怎么变成这么有心计了？你怎么变得这么会整人了？你会不会有一天也对我也这样？”

我走过去想抱住林林，可是林林挣扎着躲开了。

我只好说：“你看见这张门没？”林林说：“看见了。”

我说：“这张门对我而言，就是家与外面世界的分界线。进了这张门，我想哭就哭想笑就笑，想在地上打滚就在地上打滚；但，只要我出了这张门，我就要把自己武装起来，六亲不认，一定要抢些肥肉回来给我们自己享用！”

林林说：“你就是想给他设套，割下这样血淋淋的肉来，然后要我吃?!”

我说：“我不会害他这个人。放个圈套给他，钻不钻就是他自己的造化了。不管我做出什么事情，我都是想你幸福的！”

林林说：“这就叫幸福啊?！这就叫你对我好啊?!”

我反问：“难道你我以前吃方便面，现在吃白菜就叫幸福?!”

林林泪眼朦胧地看着我，对我说了句“你变了”，然后扭开门就往外面跑。

我赶紧冲出去，拽住林林，说：“我们不闹了，好不？跟我回家吧。”

林林把脑袋扭过来，说：“反正我不能接受这样的你。你松开我，我要回寝室去！”

我一怔，松开手。林林趔趄两下，走了。

我没力气再去追了。

我在房间里大吼大叫，用力甩手，用力蹬脚，恨不得用脑袋把墙壁顶穿。

四周是这样寂静。

233.

想起刚和林林确定关系时，林林仰着头，像宣誓一样对我说：“我要在蓝天下，把我最好的年华，献给你。”

想起很多年前的黄昏，很多年前的木兰围场，纳兰性德随康熙大帝捕猎完毕后，低头走进帐篷，竖起长剑，卸去铠甲，安安静静地坐下。面朝京城，面朝爱人，这个比我骁勇一百倍的满族武士写出了最柔软的汉字——人生若只如初见。

刚出生的时候，人人都是神话，长着长着，就长成地摊小说了。曾祖父如此，祖父如此，父亲如此，儿子也如此，孙子亦如此，到了曾孙那里，恐怕还是如此。

你知道的，别人的事情我从不感兴趣，我只要我们自己的神话继续，好么？

我们永远留在相识时的原地，好么？

234.

阿妹走了过来，轻轻对我说："刘大爷打电话下来了，说有事找你，要你去三楼。"

一进办公室，刘大爷就笑着递了根烟给我，说："最近工作做得不错啊。"我以为刘大爷是要和我谈工作，于是嘿嘿一笑，说："一般般，接了几个不错的单子，再有就是新招来的员工都还干得不错。"我准备继续汇报店面情况时，刘大爷挥挥手，打断了我，说："叫你来是要你做件事。"

我说："什么事？"

刘大爷说："上面要编一本企业名录，你能不能帮我写一个公司的介绍？"

我说："哦，这个好说，明天送来行不行？"刘大爷说："行。"

回家后，我仔细琢磨起了这个介绍要怎么写才能让刘大爷满意。

伏案片刻，等再仰起头时，一篇才华横着溢激情竖着流的公司介绍就横空出世了，我得意地放在腰包里，同时琢磨着要寻找最佳时机送给刘大爷。

第二天一上班就忙得不可开交，装了三台机，还抽空出去转了一圈，从几个商家那里领了120块钱回扣。时间到了下午四点，我正在犹豫什么时候最合适把介绍交给刘大爷。想来想去，我觉得到快下班时才是最佳时机。而且，如果刘大爷一家晚上没别的事，我一定要请他们吃顿晚饭才好。

终于快到下班了，我拿起腰包往三楼走，把介绍交给刘大爷。刘大爷看后，说："大学生到底还是不同啊。"我赶紧说："没没没，我觉得自己写得还不够好。"刘大爷从抽屉里拿出几张纸递给我，说："你看，这里还有好几份，都不是东西，都他妈垃圾。”我还正在一边赔笑，阿姝果然按照我预料的时间走了进来。刘大爷说：“阿姝啊，苏厉写的就是比那几个小子写的要高几个档次啊。”阿姝说：“真的吗？让我来看看。”阿姝看完后，说：“苏厉，我之前就听你讲过你武功高强，什么蛤蟆功鹰爪功都能露两手，没想到你写东西还可以哦。”我说：“不过就是有这个爱好而已啦，以前闹着玩写东西，在杂志上发表过一些。”刘大爷眼睛都瞪大了，说：“你还发表过文章啊？”我说：“读书时随便写了点，赚稿费呗。”刘大爷拍着我肩膀说：“好家伙，阿姝前阵子每天晚上回来就跟我讲你的那些江湖故事，没想到你写东西还有两手。”我说：“文为首，武为尾。”

跟着刘大爷一家一同下楼，开始和他们聊起一些文字方面的故事，越聊越投机，我没想到的是阿姝居然对文学真有兴趣，刘大爷刘大婆倒如我所料的，只是凑凑热闹而已。快到岔口时，我装作随意地说：“要不干脆一起吃饭吧。”阿姝拍着手说：“好啊好啊。”刘大爷说：“这可以，但我来买单。”我说：“来公司这么久了，还没请过阿姝的客，这一次就让我请吧。”阿姝朝刘大爷点点头，于是刘大爷又朝我点点头。我问刘大爷：“可以把我的女朋友也喊来不？”

林林接了我电话，还是来了。

我带着他们进了阿姝曾给我提起过的她很喜欢的四毛卤煮饭店。

这顿晚饭吃得很开心，我和刘大爷每人还喝了3瓶啤酒。我借着酒性上来，连吹带哄天南海北地说了很多有荤有素的故事，阿姝时不时放下筷子夸张地大笑，林林觉得我突然间变得口齿伶俐，我也感觉自己好久没有这么放得开了。

和刘大爷一家拜拜后，林林问我：“今天吃了多少钱啊？”

我说：“这个你不要管，你吃得开心就够了。”林林说：“哦。”

我和林林没有直接回家，而是沿着街道悠悠地散了一圈步。

林林突然说：“你考虑离开新地吧。”

我说：“为什么？”

林林说：“有萧哲，你不走行么？”

我说：“为什么不是萧哲走而是我走？”

林林说：“你还想报复他？”

我说：“我不是想报复他，我感激他还来不及，怎么会报复他。”

235.

林林又回来住了。

林林问我："刚才谁和你打电话？"我说："萧哲啊。"

林林说："你和他和好了？"我说："和好了。"

林林说："我们要过上安稳的生活，我们不要再动荡了。"

我说："好，安稳后我们可以去乌鲁木齐，去上海，去北京，去所有我们想去的地方。"

林林叹了一口气："你怎么又这样？我现在哪也不想去了，我们什么也不要去想了。"

我点点头："好，不去，就在这里。"

236.

秦始皇很天真，他既是第一个皇帝，又是贡献最大的皇帝，也是唯一不糊弄人的皇帝，所以他是暴君。

曹操也很天真，非要搞出一句"宁可我负天下人，不可天下人负我"。如果换成客气点的"宁可我服务天下人，不可天下人服务我"，或者浪漫点的"宁可我爱天下人，不可天下人爱我"，又或者忧郁点的"宁可我哭天下人，不可天下人哭我"，更或者实在点的"宁可我养天下人，不可天下人养我"，听起来不就好多了？话说出来就是给别人听的，曹操同志，你何必认真。

237.

发觉自己已经越来越习惯小安了。

"我来帮你加点水"，小安走过来，笑盈盈地把我的杯子拿去加水了。不知从什么时候起，小安在很多事情上就直接替我下决定了，譬如说我的杯子需不需要加点水。马上，我又发现她事实上也没必要先征求我的意见，因为我的意见跟她的总是一样的。这大概就叫默契，或者暧昧点，她习惯了我的存在，我也习惯了她的存在。

说实话，我知道小安对我和对别人有点不一样；同样说实话，我也对小安有好感，觉得面对她的时候特别轻松。尤其当和林林出现沟通故障而我费尽心思也不能跟林林解释清楚时，我就会在心里要流氓，把她们两个摆在一起比一比，我觉得小安肯定会跟我一起偏执，因为我这边眨眼睛她那边就会动睫毛。

238.

林林拿我的手机玩游戏时，发现了手机里小安的照片。

林林很平静："你连这种女人都要？你们要是有了孩子，孩子都不会想回外婆家。"

我从来不知道林林会这样出语刻薄。拿过手机，看着照片里的小安，然后将照片删除，我也很平静："玩玩而已。"

239.

其实，我也设想过和小安的生活。

就像我以前看电视时，会对着电视里的场景，譬如湘西吊脚楼，德国古堡，北京四合院，苏州园林，想象和林林生活在其中的样子。

电视里的，终究是别人的生活。我只要我的生活。

于是约小安去吃她喜欢吃的麻辣烫。吃得差不多后，我说："小安，你还记得长沙职业技术学院不?"小安说："记得。"我说："那儿缺一个文员，我觉得挺适合你的，已经帮你联系了，你去试试吧。"

小安说："你什么意思?"

我说："要你走。"

240.

小安走的事，我没有告诉林林。

我告诉自己，这是我的决定，不是因为林林的关系。

241.

阿妹的独立性非常强，我用食指去勾阿妹的下巴时，她脑袋晃了晃，把我的手晃开了。

我非常有耐心，勾到第七次时，阿姝就很驯服地抬起她的下巴，听我滔滔不绝地演讲。

242.

灌溉良久的客户群终于见到效果了，几乎天天有熟单找上门来。阿姝也给我提供了不少有用的信息。我提着礼品顺藤摸瓜，总算摸回了几个不大不小的单。

红蛋旅行社也是阿姝告诉我的。负责采购的那厮还是个新手，摆起腿半遮半掩地问我："你们最近送什么礼品啊？"我说："什么礼品都送。"那厮说："送手机不？"我说："没问题啊，只要一谈成就送。"那厮鬼怪地一笑，说："我不信。"我顿了顿，说："您等我十分钟。"

我冲到阿姝那里跟她说我要先提两千块，结果阿姝没那么多现金。我就跑到三楼，从刘大爷那里拿了两千块。刘大爷纳闷地问我："你要这么多钱干吗啊？"我说："送人。"刘大爷点点头就没再多问了。

我拐个弯拐到旁边的电器商场，买了那台他盯了半天的手机回来，摆在桌上，说："是这台手机吧？拿回来了。"那厮眼冒红光，拿过来百般抚摩，恨不得当场要吃到肚子里去才好："就按你的价格，搞吧搞吧，动作快点，我们公司的会计六点钟下班。"

这一单交割完毕，早过了下班时间。我对阿姝说："说吧，想吃什么？"阿姝说："你还是回去陪女朋友吧。"我笑笑，说："天天陪，今天休息。"

那天林林有同学生日聚会。我突然不想去。和她那些同学在一起，笑久了，脸部肌肉会发酸。

243.

小安发短信来，问我："我是不是你女朋友？"我说："是。"小安说："感谢你把我当做女朋友。"

我沉默着删去了这条信息。

244.

大盖帽今天来收那每个月300块的保护费了。不过他今天没直接去阿妹那里收钱，而是走到我身边，指着门口摆的显示器问我："这显示器好多钱一台?"我打趣说："1200块一台，怎么，您想买?"大盖帽说："拿一台给我，我帮你们划掉四个月的管理费。"

我不禁对自己之前颇为不屑的大盖帽刮目相看。原来，每一丝权力只要运用得当，都能缠到一些果子。

245.

小卢接连两个月没有谈成一单，刘大婆给他发300块钱的基本生活费时，脸黑得像锅底。萧哲只好让他走人，新招进来一个。这厮块头十足，皮肤黝黑，如东非大陆过来的品种。我给他取了一个绰号"黑熊"。黑熊是正儿八经的大学毕业生，虽说他读的大学破是破了点，但好歹头上也还罩了大学的光环，到底比老彭那种初中毕业生要伶俐些，脑筋转得还算快。

我心里始终记着有一件事，还没和小卢了结。不过，可以等一等。

246.

这天中午大概11点多，我正在厕所里埋头苦拉，突然有个人"唰"地把我的蹲位挡板给掀开了，吓得我赶紧拿报纸捂住美臀，定睛一看，居然是黑熊，我大吼："变态啊你?"黑熊气喘吁吁地说："不好了，阿妹和三和店的胖妞吵起来了，三和店的人好嚣张，搞得像要打架一样。"我说："你快把挡板关上，到外面等着我。"

快速结束，没来得及洗手，就拉着黑熊往店面跑，边跑边吩咐他："等下看我的眼色行事，你立功的机会来了。"同时，在心里面对自己说："表现的时候到了。"

我跑过去的时候，魑魅魍魉已经在三和公司门口站成一线。

小庄站在那里，又急又气，还上蹿下跳，恨不得把农村婆娘发彪时脱掉裤子撒泼的那一套搬出来，嘴里还连珠炮似的骂些谁也听不懂的土语。阿妹挺起奶子，站在最前面使劲和胖妞对骂。三和的人果然嚣张，连扫帚都拖出来举在手里，看那架势，不把我们公司当牛鬼蛇神横扫掉就不甘心了一样。

胖妞大概骂不过阿姝，就上前一步，想用手指甲去抠阿姝，我蹦到跟前，把胖妞的手反方向一拧，再顺势一推，胖妞就倒退5步，撞在墙壁上，继而像一口大锅般华丽丽地趴在了三和公司门口，我趁机将阿姝揽到身后，阿姝紧靠着我的肩膀钻出脑袋来。

三和公司那帮人就开始躁动，嚷嚷着要动手冲上来，我双手叉腰，扔过去一句狠话："你们谁敢动手，我就要谁回家尿血！"我那一脚的功力早已传遍电脑城，他们也深谙中华民族"枪打出头鸟"的古训，嚷嚷了好一会就是没人敢第一个出手。黑熊站在我左边，手拿通厕所用的大吸盘呈预备姿势，还时不时拿眼睛瞟我。老彭即使畏缩着也站在了我的右边，手里还拿着把螺丝刀。战斗位置摆好了，我随即镇定下来，面带杀气地竖在那里，用眼神把对面的人挨个冰冻了一遍。

对方怔了一怔，继续骂个不停。我借机巡视一圈，萧哲既令我失望又令我高兴，他躲在店内的一个不显眼的地方，只时不时地露出半边脸来观察这边的动静。

我对三和的人说："我是个无理不扰人，有理不饶人的人。你们等我先把事情问清楚，好吧？如果是我们公司错了，我赔礼赔钱还道歉鞠躬，如果是你们错了，嘿嘿，那我今天就不会罢休。"我知道那个胖妞平日在三和公司的人缘就不怎么好，三和的人开始热血上头没多想，就要和我们斗，我现在就要让节奏缓一缓。节奏一缓，激情一退去，人就会立即从功利角度重新审视自己的行为。

其实新地和三和起争执也不是一回两回了。三和仗着自己垄断比较完整的产品线，本来就有点仗势欺人，何况我们两家还挨在一起，三和放个屁新地就臭了，新地打个喷嚏三和就被传染了，格外容易起矛盾。

今天的事情很简单：一个客户站在我们公司和三和公司共享的地盘上迟疑了几秒钟。小庄和胖妞都准备上前拉客。到底还是小庄动作快，一个微笑就把客户勾了进来。胖妞就撒泼了，骂小庄违反规矩，像个狐狸精一样，跑到三和公司门口把客户劫走。那话比较难听，小庄就还口回骂，阿姝闻讯过来帮腔，不顾淑女形象扯开喉咙对骂起来。

我问胖妞：“那客户走到你们公司门口了没？你们公司的门有多大啊？”胖妞还没来得及回口，我就乘势追击：“客户没走到门口，你凭什么骂小庄啊？你真是屁眼大掉心啊！”

保安赶了过来，刘大爷也出现了。

我盯了盯胖妞，朝地上吐了口痰，然后走到刘大爷身边准备汇报情况。刘大爷朝我笑着点点头，对我说：“我都看到了，其实刚开始吵架的时候我就已经在旁边了，我就是要看看那边是怎么凶的，我还要看看你们是怎么做的。”我趁机向他抱怨：“怎么萧哲碰到这种事都不出来啊？”刘大爷鄙夷地说：“拳头不砸在他鸟蛋上，他是不会出来的，他的命比谁的都要紧。”

247.

阿妹现在见我的笑容着实灿烂。有一次刘大爷碰上，不禁顺着她的目光，多看我一眼。

248.

随着我主动出击的力度越来越大，业务的扩展形势喜人。

可是刘大爷仿佛很享受与我与萧哲的这种“3P”关系，因此一面对我鼓励有加，一面和萧哲藕断丝连，继续混沌下去。

这不是我要的结果。他们拖得起，我拖不起，他们只想爬到半山腰，我还想抓紧时间爬到山顶。

我决定先和小卢了结，再来送萧哲一程，像萧哲当初送我一样。

249.

又是周末。

凌晨，我提着手电，把林林喊醒，林林扑到我怀里问：“小朋友，什么事啊？”我说：“跟我走。”林林跟着我，拦部的士，绕上五一大道，过了河，到了沿江大道下车，然后穿过池塘和菜地摸向堕落街，拐上当街的一栋三层楼的楼顶。凌晨的堕落街依然肮脏，但比白天要安静得多，除了遥远的走调的歌声外，就只有几个烧烤摊子上的顾客在喝酒了。林林说：“我们来这干吗啊?”我没回答。斜对面红唇网吧的布帘子突然掀开，走出来一个邋遢无比的人，那个人一摇一晃地走向烧烤摊，买了些烧烤和饮料，又往红唇网吧走。就在进门的时候，和一个白白净净的，学生模样的人刚好在门口撞着了，他的烧烤全掉在了地上，学生点头哈腰说：“对不起，我赔钱给你。”他说：“赔钱就算完吗？鸟你妈妈。”学生说：“请你说话文明点!”

那人推了学生一把，说：“不文明怎么啦?”学生说：“你欺负人是吧?”他把学生逼到墙角，踹了学生一脚，说：“就欺负你怎么着?!”他们俩大声吵起来，烧烤摊的人纷纷扭过头来起哄，就着啤酒鸡翅，欣赏这起极其普通的治安事件。一群狐朋狗友都跑出来了，对学生说：“我可告诉你，我们和他是一起的。”学生说：“你们是不是一起的关我什么事啊?”他们瞪着眼睛看着学生，想用眼神镇住学生。学生继续说：“一起的怎么啦，一起的就可以欺负人啊!”他们于是一起围住学生，群殴之。学生双手抱头，默不作声，他和他们更加放肆，还有几个染着头发的矮子，嘿嘿笑着，也钻进去如蹦迪般，有模有样地教训起学生来。

白光一闪，学生拔出一把刀就抵在了他脑门上，他的狐朋狗友们见势顿作鸟兽散，有个黄毛连拖鞋都跑掉了。古惑仔的年代早就过去，古惑仔的义气也没了，空留下，古惑仔的发型。

我无声冷笑，捂住林林的嘴，示意林林别出声。

学生表情淡定，一刀就扎进他的大腿，他的惨叫像突然来临的闪电一样，“唰”地点亮了整条堕落街。刚刚在烧烤摊起哄的人一个个给了钱，悄悄走了。

学生捡起地上的书包，背起来，渐行渐远，撂下一句话：“傻逼，玩不起就别玩。”

我看着他，看着离去的刀客，看着林林，看看自己的鼻子，觉得每个人都像可怜的小鸟。

我带着林林又穿过池塘和菜地。

林林扯着我的衣角问：“那个人不是小卢么?”我说：“放心吧，萧哲已经把他开除好一阵了。”

林林说："你为什么还要这样？那个人是你找的吧？"

我说："你还记得，你上次回家被小卢吓到的事吧？还差点打110报警。"

林林说："那次可能是我看错了，不怪小卢。"

我有些不高兴了："对的，所以，你这次也看错了。"

250.

回家后，林林怎么也睡不着，于是我就陪她坐着。她把笔记本抱过来，说："放一首'庸俗歌'来听听。"

"庸俗歌"是我们给那些写得很嫩，所以被装逼的普罗大众抛弃的歌下的定义，譬如《流星雨》，《老鼠爱大米》，等等。事实上，我和林林都喜欢听，而且喜欢两个人一起听。只是为了避免被邻居鄙视，听的时候我们会把音量调得很小，偷偷地听，偷偷地享受。

这次她放的是中等庸俗的《孤单北半球》，欧得洋傻乎乎地唱着"少了我的怀抱当暖炉你习不习惯……"

林林忽然就哭了。

我看着她，说："你不喜欢？"

林林摇头，下巴上的眼泪往两边洒落。

我说："我可记得你害怕的样子。"

我说："谁吓到了你谁就得流血，这事没道理可讲。"

林林抬起头绝望地看着我，声音哽咽："苏厉，你非要变成那样的人吗？"

我默默地背转身去。

251.

我多想我是你的那杯茶，温暖，无害，可以捧在手心。林林。

可是我停不下来了。我必须成为狼。

遍地丛林。我不能容忍自己被猎食，不要看你一天天黯淡。我想保护你，我想给你你应有的一切。

我们的血不能白流，我们的眼泪也不能白流，所有痛苦记忆绝不能白白湮灭。为我们的这些苦难阅历，我一定要以牙还牙，才能威慑住所有把我们当做猎物的家伙。

林林，你为什么不明白呢。

可是，无论如何，我都决意要沿着这条路走下去了。林林，请一定跟着我。

第七章

我们回不去了，林林

252.

秋天是收获的季节。天地收割万物，我也要收割我的果子。

现在，我可以好好研究萧哲了。

这是我必须拿下的城池，是我一定要送给林林的礼物。

253.

从处心积虑的观察中，我认准了萧哲的弱点就是小事算计得太精明，所以大事往往不精明。

在林林看见我的草稿本前，我起码想了不下30个自以为无可匹敌天衣无缝的圈套。被林林知道后，我心凉了好几天，也就没再想圈套了。不过，也亏得林林，我才料到也许我把萧哲的智商估计得太低了，才陡然发现那30个圈套都只适合去幼儿园给娃娃们钻，而不适合给萧哲用。

今天上班后，我又继续发呆，重新考虑新版本的圈套。忽然就想到了现金支票和转账支票上。

转账支票肯定不能担负圈套架构者的重任，而现金支票就可以，只要和银行柜台关门时间配合好，就完全可以变为一把刀。

我最初是这样设想的：还是喊那个捅小卢的学生老乡，弄张空头支票，摸准下午三点时，走进我们店面，买好几台机器。我掐准老乡进门的时间去趟厕所，等回来时就可以看见老乡和萧哲在谈单了。老乡故意让萧哲多赚点。谈完、装完后就到了银行快关门的时间了。这时候老乡拿出现金支票。按道理我们一般不会拒绝现金支票的，但一般客户在正式谈定之前就会询问能否用现金支票，所以能有时间一边给客户装机一边去银行领钱。我要的就是在银行恰好关门的那个骨节眼上，让老乡用这张空头现金支票买单，而且把话说绝，要么就不买了，要么就收支票。按萧哲算计得太精明的本性，应该想收下这张支票。如果他接了，他就完蛋了，这个窟窿足以搅乱刘大爷脆弱的内心。

算计了又算计，开始觉得无比巧妙，后来猛然想到，这可是正儿八经的诈骗罪啊，而且涉案金额还会不小，另外，萧哲虽然没读过多少书，可智商很高，经验丰富，难免最后凭第六感拒绝这一要求。

总而言之，最后觉得这个圈套成本太高，风险太大。一旦不成，牵涉到老乡——扯出萝卜带出泥，更必定牵涉到自己。

所以这个圈套也同样无痛人流了。

不过，肯定会有别的机会的！

254.

很久没见阿姝的男朋友了。阿姝懒懒地说，那个人太无趣了，和他在一起，没意思。

255.

姜老板又来我们公司了，照例提个黑包，照例梳个一丝不乱的偏分头，照例带着小秘书，不过，与以往不同的是，旁边还跟了个沉闷的中年男子。

上次参加雄基公司的聚餐时，我见过这个男子，依稀记得是采购部的。

萧哲出差了，我不想揽事，所以静静地找个不显眼的位置坐下，让大熊上去接待他们。

以前姜老板每次一来都会大肆放荤段子，把店面搞得热气腾腾，其散发的能量，仿佛他不是一个人，而是十个人。今天他却省去这些程序，直接坐下谈业务了。我实在觉得今天的姜老板很有些异常。

姜老板似乎是在向男子介绍一些什么情况，当男子连续发问时，他看上去有些气恼。大熊傻呵呵地在旁边有一搭没一搭地和稀泥。

我窝在角落里，一边盯着，一边连蒙带猜地琢磨。

萧哲拉拢姜老板后，还是一手交钱一手交货，奇怪的是姜老板也默许了这种操作模式，并不计较合同上一周的账期。刚开始我有些不明白，后来才知道这里面有猫腻。

姜某在业内名声不佳，很有人品问题，当然，从根本的道德意义上说，成年人就没几个没人品问题的。笑笑是个比较单纯的女孩，或许是看在我送的小玩意的分上，对我始终不错，她私下告诉过我，当初姜某就是靠着从广州先赊后赖的大批配件才得以入股雄基的。此后姜某便顶着雄基的帽子在外面活动，他并不负责采购，但热情很高，偏偏喜欢帮公司采购，借机吞噬不少回扣。这还不算，姜某借着雄基的牌子在外面自己偷偷揽单，据说已经搞下了内蒙古一个劳什子旗的监狱监控工程了。

有没有可能是姜某私自揽单，收入没有上缴雄基，把那雄基的老板惹急了，发宝气，准备让姜某走人呢？

这个念头一闪，我一阵哆嗦，立即想将此情况向刘大爷汇报。匆忙走上三楼，正待敲门时，我突然又念头一闪，又转个身走回公司，坐下。

他走不走，和我没有关系。要有关系，也是和萧哲有关系。

256.

他们走后，我问大熊："又要货？给萧哲打电话吧。"

大熊说："没有要货，就瞎聊了一会。萧哲在武汉出差，给他电话也没什么说的。等回来再告诉他吧。"

我心里想着，不错，骂一次，长记性了。上次也是萧哲出差，大熊帮他接待了客户，然后电话汇报。萧哲一听不是要货，把大熊骂得狗血喷头，让他记住长途漫游接听电话有多贵。大熊这次就学乖了。

257.

下了班，我给笑笑挂电话。

"笑笑，你要走了，也不和我说一声？亏我那么把你挂在心上。"一开口我就很不满地埋怨说。

"什么？苏厉，你说我要走了？我要走到哪里去？"笑笑在那边一头雾水。

"跟你们姜总走啊，他到哪你到哪。"

“哎呀苏厉，你这个家伙！可别胡说！我才不会走呢！凭他，可带不走我！”笑笑的声音明显有些紧张：“你怎么知道他要走的？”

“别把我当傻子了，你们老姜今天带人过来，是做业务交接吧？一定是他要走了才这样的啊！他那么看重你，肯定会把你带走的啊！”

“不会的！他算什么啊！”笑笑说，“他走他的，你可别把我和他扯到一起。现在，我们公司的人谁都躲着他，怕和他扯上关系呢！你可别害我！”

“他怎么了？”

“他在外面背着公司做的手脚被老板知道了，以前让他保管的公章也收了上去，估计是呆不下去了。还没办完交接，所以没有对外面宣布。苏厉，你这家伙够贼！这段时间怎么不见你过来了？不来拿钱，就不理我了？”

“哪里啊！你瞧，今天一看这情况，以为你要走了，这不赶紧就给你打电话吗？还不算对你好啊？”我心里打着小九九，嘴上嬉皮笑脸地和笑笑闲扯。

我的预感被证实了。一个想法在我心里慢慢成形。可是，这次，我绝不和任何人说，也绝不写在草稿本上。

今天周六，萧哲下周三才从武汉回来。还有四天。时间应该是够了。

258.

今天周日，和往常的任何周日没什么不同。

我拉开架势，在家搞卫生搞到下午两点，然后对林林说：“今天我去买菜，你在家休息。”林林“哦”了一声，继续自顾自地喂买回来的金鱼。

我靠在门口，看着她，仔细看着她。

她转过身：“有事？”

我说：“没事。”

出了门，我买了张不记名的神州行，躺在五一广场的草坪上给姜某发短信。

“是姜老板么？”我的输入速度很快。

“哪位？”他的短信回的就慢了，老半天才过来。

“我是三和公司的小李，您还记得么？”我还是态度很积极。

“啥事？”这条信息回得很快。

我还没来得及输完短信，姜某的电话就拨了过来，看来他不习惯发短信。

旁边跑来一个学步的小孩，一个踉跄趴在我身上，他一点都不在意，抬起头目不转睛地打量我。他的眼睛很干净很清澈，黑是黑，白是白。

“不方便讲电话，我们短信说。”我把电话啪地挂掉，继续按键。

一位老人家扶起孩子，对我说：“不好意思啊。”我一边按键，一边说：“这孩子长得真好看。”

老人家一听这话，满脸皱纹都高兴得团结起来，对孩子说：“快，喊叔叔。”

“姜老板您以前对小弟照顾有加，小弟都记在心里，所以想送您一笔大人情。”我输完这行字，发送出去。

孩子口齿不清：“苏苏，苏苏。”

“什么大人情？”过了两分钟，短信回过来了。

我抱过孩子：“来，让叔叔亲你一口。”

“萧哲现在在武汉出差，要下周三才回来。您如果现在找他要货，等他回来再结款，他肯定会答应您。”我又发了两句话。

“你什么意思？”他回短信的态度越来越积极了。

“想拿到货的话，您给他的利润稍微高一点就行了。绝对没问题。”我很高兴他的积极。

孩子口齿不清地又趔趄着跑远了：“苏苏，苏苏，苏苏。”

“你到底什么意思？你不怕我告诉萧哲？”原来他回短信的速度也可以这样快。看来还是习惯发信息的。

“呵呵，姜老板那么聪明的人，一定知道该怎么做。我是真心为您考虑，所以不担心您告诉萧哲。如果您一定要问具体原因，我可以很诚实地告诉您：因为我上面的人不喜欢萧哲，也讨厌新地。”

发完这条信息，我站起来，同老人家挥手再见。

关机，抽卡，剪碎，扔垃圾桶。买菜。回家。

这个周日，和往常的周日不会有什么不同。

259.

周一一上班，姜总就难得地一个人来到公司，拿着一份清单，说紧着要这样一批货，让我们直接发到内蒙，已经和萧哲谈好了，萧哲回来就结账。我习惯性地走开，让大熊帮萧哲接待。大熊这次不敢含糊，赶紧给萧哲打电话，萧哲说，是这样，可以先给他，货款他回来收。

大熊于是去阿姝那里办出库申领。

阿姝对着清单按了许久的计算器，才抬起头来说："姜总，您这次出货量太大，有近百万了，是不是能先付一部分货款呢？"

姜总着急起来，说："我们在内蒙打了一个大单，无数的人在抢，对方就是要求快，这批货我们要在今天直接发铁路托运到内蒙去，所以我才急着来你们公司的啊！萧哲不是已经同意了吗？"

阿姝说："他是同意了，可是……"她想了想，起身对姜总说："请您稍等一下。"然后就上楼上去了。

一会儿，刘大爷和阿姝一起下来了。刘大爷额头上有一大块红印，似乎是被从床上刚叫起来的样子。

姜总一看就迎了上去："刘老板，你看，我们合作了这么久，雄基拖欠过你们一分钱货款没有？一直是现款现货，连合同上一周的账期都从来没兑现过。今天是我们财务跟了老板去内蒙收款去了，所以没有办法带钱来，都说好了萧哲一回来就结账，还有什么问题啊？"

刘大爷沉吟了一下，说："不是不给您发货，您先别急……为什么要直接发到内蒙呢？"

姜总说："因为我们是在内蒙签的单啊！开始有好几家竞争，只有我们的供货是最全的，也可以保证速度最快，所以才抢下来。金额太大，我们老板也是不放心，带了财务过去在那边守着，货一运到就收款。昨天确认了那边的资金情况，打了电话来让我赶紧发货，所以我今天一早就来了。"

说着，他从挎包里拿出一份合同来："刘老板您看，这是我们和对方签的合同，在这个时间前交货。本来这是我们的商业秘密，不能告诉您的，现在这情况，我就给您看，把我们的成交价都托底告诉您了。现在赶时间，我把这个地址抄给您，直接按这个地址发过去才勉强来得及。合作的目的，不就是有钱大家赚嘛！"

刘大爷接过合同貌似随意地翻了翻，盯着合同最后的单位公章看了半分钟，转身对大熊说："拨你们萧经理的电话。"

电话通了，萧哲在电话里和刘大爷嘀咕了半天，刘大爷慢慢点了点头，放下电话，对阿姝说："就按萧哲的意见，发吧。"转身又对姜总说："那我就先上去了。"

我坐在角落里，看着阿姝不停地给商家打电话，看着货品川流不息地堆进来，看着大熊他们前后左右忙活，看着姜总一边吸烟一边不停地看手表，觉得这个世界真是搞笑。

260.

日子照常过着。

不知道是不是因为这一单的原因，萧哲提前了一天，周二下午就回来了，一到公司就给姜总电话："老姜啊，我萧哲啊，对对，我回来了，这批货款我现在来结一下怎么样？……啊，是这样……那财务什么时候回来呢？明天？……不是不放心，瞧您说的，我只是回来了，向您汇报一声……那好，明天下午两点半我带发票过来取款……好好，晚上一起吃个饭，我来接您……您不在公司？在我们附近？……那好，我就在我们公司等您。好好好，再见。"

放下电话，萧哲冲大熊点点头："小子，有出息！这一单我要了他 10 个点！收了款，请客！"

我在旁边心情复杂："萧哲，恭喜你啊！10 个点是 10 万啊！真牛逼！"

萧哲点点头，转身上楼和刘大爷汇报工作去了。

第二天萧哲到中午才来上班，说是昨晚上和姜总喝酒，喝高了。

下午，萧哲带了发票去雄基公司。他在那边的情形是后来笑笑告诉我的。

萧哲一到财务部，就对财务说："您回来了？姜总在公司吧？他让我今天下午来收周一发往内蒙的那批货款。"

财务睁大眼睛看着他："我今天没出门啊！而且也没有周一往内蒙发什么货。你是不是弄错了？"

萧哲往后倒退一步，眼睛睁得大得吓人——这是笑笑的原话——说："怎么可能？明明你们姜总带了合同和清单来我们新地，让我们直接往内蒙发的货。还说你和你们老板就守在内蒙收款，今天回来，所以让我今天来结账。你们不会隔了一天就想赖账吧？这不是姜总的收条？”

财务斩钉截铁地说：“我和我们老板一直在长沙，哪儿也没去，也没有发什么见鬼的货往内蒙。你该找谁要钱，找谁要去，和我没关系。”

萧哲摸出手机就拨电话，一边拨一边说：“怎么可能！我叫老姜来。”半天也没拨通。

财务说：“你说姜XX？他拿着公司公章在外面干坏事，公司已经把他开除了，昨天下午就办完交结手续走了。”

这件事情就此成为无头公案。姜总的手机从此再没有打通过。这个人似乎人间蒸发了。

萧哲带了姜总的收条找到了雄基公司的刘总，刘总说这单货是姜某的个人行为，收条上连雄基公司的公章都没有，采购部门也没有收到这批货，所以与雄基公司无关，萧哲只能去找姜某本人要钱。

萧哲根据大熊办托运留下的底单，特意去了一趟内蒙；内蒙铁运说这单货一到就被人提走了，提货单上填的姜总的名字。

萧哲又返回雄基找大老板，说你们公司是合伙性质，要负连带责任。大老板说姜某早就退股了，我们也在找姜某，他手上还拿着一叠盖有我们公章的空白合同，要不你就跟我们一起找，要不你就去报社申冤，去派出所报案，去法院告姜某……

萧哲终于也缩成了锤子。

最搞笑的是，萧哲陪姜总吃的最后一顿饭，是萧哲买的单，简直就是给他送行。

261.

笑笑后来给我打电话说这件事的时候，曾疑惑地问：“姓姜的要走的事，你们公司一点风声也没听到？你不是还问过我吗？”

我说：“是啊，我们一点都不知道。我和你说的时候，也是瞎猜，谁知道马上就发生了这样大的事，一点警惕都没有。早知道这样，我周一就不该出去拜访客户，如果我在公司，或许会想得起来提醒他们。不过笑笑，咱们可不能提这档子事啊，装不知道就过去了。万一撞在老板枪口上，大家就死了。”

笑笑在那边说："是啊是啊，我们都不知道。什么都不知道。苏厉，你以后也要小心啊，太恐怖了。"

262.

一个月后，萧哲要走了。刘大爷让我和他再去武汉收最后一笔货款。

回长沙的前夜，我和萧哲去汉口扫了扫步行街，吃了吃烧烤，看了看老洋房，逛了逛"比上海外滩大三倍"的武汉江滩，一切都了无趣味后，我们钻进一家名为"SASAKI"的酒吧。

这里的啤酒比长沙要便宜得多，长沙的喜力都要三十块一瓶，这里的嘉士伯才卖二十块一瓶，萧哲说："跟不要钱似的。"我点点头："是啊，跟不要钱似的。"

喝得越多，不要钱的挥霍感就越强，于是我们一人点了一打，往死里灌。

萧哲说："我俩好久没这么喝过了。"我举起瓶子，和他碰碰："好久没这么喝过了。"

萧哲说："其实，找一个能敞开了喝酒的人，不容易。"我说："是不容易。"

萧哲说："朋友是朋友，生意归生意，但抛开生意，朋友还是朋友。"

醉意朦胧中，我盯着眼前这个男人，发现心里依然有同类的亲近。

我清清嗓子，正想和萧哲认真说些话时，酒吧突然鸦雀无声，几秒钟的寂静过后，随着 DJ 的一声怒吼"举起你的手"，歇斯底里的音乐倾泻而来，把酒吧内的人冲得稀里哗啦。我们一起扭头，望向旁边那几个随着音乐疯狂摆动身体的武汉小妞，她们的奶子挥舞得比拳头还灵活。

"举起你的手，不要被我牵着走，举起你的手，跟着自己的感觉走……"

263.

萧哲终于真的走了。

我心里有说不出的难受。下了班出来，在公司旁边找家小餐馆坐下，隔着玻璃窗看人来人往。

萧哲说的对，找一个能敞开了喝酒的人，不容易。

林林在家。可是我不知道该和林林说什么。肚子里脑袋里心里有很多话，却不能对林林说。这种情形让我心如死灰。

萧哲变成了一根刺，横亘在我和林林之间。

264.

最亲近的人之间的感情，如同眼睛，容不下一粒沙子。

林林，你不在我身边，我就不知道我是为了谁而奋斗；我就不知道我还有没有必要把电脑城里的游戏继续下去；我甚至也不知道，我还有没有必要留在这座只有我一个人的城市里。

窗外，有一万只伤心的杜鹃在夜风中啼血。

林林的哭泣声，此起彼伏，如波浪般涌来，还夹杂着无数声“你变了你变了你变了……”

265.

我不知道我是怎么回的家。

我拿了一把刀，慢慢划开胸膛，慢慢摘出一颗冒着热腾腾血气的心，很认真地捧给林林。

林林看了一眼，扭过头去，说：“那么多血！太恐怖了！拿开！我不要！”

“你看看，看看，这是我的心啊！”

“不要，不要！我要的，是一颗干净温暖的心。”林林的声音慢慢远去。

胸口空空洞洞地疼。心取下来，就再也放不回去了。

266.

睁开眼睛，我突然清醒。

林林坐在角落里，窗帘外幽蓝的微光，勾出一个沉默的剪影。

我摸到她的脚，冷得像冰。

侧身过去，扶着林林的肩膀，在黑暗中看着她，仔细地看着她。

林林也斜着脑袋看我，眼泪一层层地涌了出来，尖尖地挂在她的下巴上。

我说："你不要哭了。"

她就转过头去，对着窗户哭，身子一缩一缩地。

窗外，这座超两百万人口的内陆城市，在林林的哭声中，安静得像条无人过渡的河流。

林林再哭下去，长沙就会在黎明前淹没，我像抱婴儿一样抱住她，她放肆挣扎，还把我的鼻子揪得像猫头鹰，我慢慢亲她，一直慢慢亲她，亲到她不挣扎也不揪鼻子，亲到她在我怀中安然入睡，发出均匀的呼吸声。

267.

我坐在客厅里抽了很久的烟。外面的世界还是那样喧闹还是那样有诱惑力，家里的世界却安静如水底。我还是我，林林还是林林。

暗夜里，我居然有身处坟墓的感觉。

我和林林刚在一起的时候，觉得彼此都和一般人不一样，所以互相吸引。

具体哪里不一样，到现在我们也没搞清楚。

反正因为和一般人不一样，所以就和一般人不一样。

而现在，我们彼此也有很大的不一样了。

在生存压力面前，我终归是属于"一般人"那个群体。面对现实，我原形毕露，青面獠牙，消化功能奇好；而林林，她永远也不会。她会依然飘缈在形而上，只吃干净的食物。

对于生命，我认为人生苦短，宁愿痛，也不愿意黏稠将就着，跟一群牛皮糖般的人处在一个泥淖里消磨尽自己的生命；而林林觉得生命长河，当缓然行走，不必起那么多风浪。

我的生命需要力量，需要舒展，需要最大限度的自由；而林林的生命需要纯净，需要温暖，需要道德的唯美优雅。

这是一种思维的差别，或许是比思维还要更加深刻的一种差别。

268.

我不得不承认，我们回不去了，林林。

你要的，我已经给不起你了。林林。

猎杀的过程血腥而暴烈，我不能要求你也陪我成为狼，接受这些残酷的生存现实。

如同你不能要求我从一头狼，退回成一只温良的小白兔。

我们回不去了。

我拿了林林一张一寸的小照。林林最好的年华都消耗在我身上了。林林在她最好的年华里，照了这张一寸照。照片上，无法掩饰的焦虑和忧郁占据了整张脸。

想起曾经看到过的一段诗：

河岸对河流说

我无法留住你的波涛

让我把你的足印留在我的心上吧

269.

我有慢性扁桃体炎，发作起来，吞咽口水就成了一种极大的痛苦，我更痛苦地发现，我一辈子都必须不停地吞咽口水，一辈子都得不到解脱。

后来我平静地接受了这一事实。

现在，当我决定离开长沙这片土地时，我平静地接受了所有与长沙有关的事实。

270.

依然长沙站。

依然在准点报时后播放《东方红》。

依然纸屑飞扬依然果皮遍地，依然有人在卖报纸依然有人在乞讨，依然有人在“长沙”二字下等着另外的人从远方赶来现身。

车窗外，依然是湿冷阴霾的冬天，依然是云雾缭绕的岳麓山，湘江依然不动声色地北去。

火车启动的瞬间，我给林林发了条信息：“我走了。”

不远处，一个孩子的哭泣吸引了我。

年轻的妈妈一遍遍告诉哭泣的孩子：“好孩子不哭，好孩子不哭……”

第八章
繁花落尽

271.

三年后的春天，我来到了北京。我住在五道口的铁路宿舍，每天都到清华的食堂去蹭饭。

这天下楼梯的时候，一个蹦蹦跳跳的马尾辫走在我前面。在拐角处，她“刺啦”一声，摔得四仰八叉，我悄无声息地往后退了几步。果不其然，她站起来后，立即朝上朝下看了看，见没被别人看到就长吁一口气，然后飞速离开案发现场。

难怪清华总出大人物，这里的学生就是识大体，痛不痛不要紧，要紧的是不能被别人看见。

我大步追上她，她脸上的那种若无其事让我有捉弄她的欲望。

我直挺挺地对她说：“同学，你摔得挺帅的嘛。”

她大窘，憋出一句：“同志，你看得挺爽的嘛。”

第一眼就觉得和老T似曾相识。

272.

我说：“我在长沙见过你。”

老T说：“可是我没去过长沙。”

老T问我：“你长沙来的?”

我说：“嗯，你呢?”

老T说：“乌鲁木齐。”

我说：“有一个问题。你们那儿的人眼睫毛都长得这么好看吗?”

273.

我重新拾起编故事的癖好，讲故事给老T听。老T说我的故事像红墨水瓶扔在墙上，“啪”，炸出一片红，炸完了，就没了。

即便这样，她说她还是喜欢听我讲故事。

我怀疑她喜欢的只是听故事的过程，而非故事本身。

她说她怀疑我只喜欢讲故事的过程，而不是她这个人。

274.

苏厉和林林的故事讲完了。老T坐在我对面，摆弄着勺子，良久无语。

她要我继续讲后来的事。我一改讲故事时的悲悯，不耐烦地说：“没了。”老T问：“没了?”我说：“都没了。”老T说：“怎么都没了呢?”我说：“故事讲完了，故事中的人物不就没了么？我又不是苏厉。”

我抱紧眼前人：“老T，别犯傻了，我们才是真的，他们都是假的。”

老T不信。

于是我们相互赌气。

我睁大眼，对着天花板，想着两个本来应该亲密无间的人居然又会距离遥远，那种曾经的心如死灰的感觉再一次浮现。

一片寂静。然后就听见老T哽咽的声音说：“总是这样。你从来都不愿意哄哄我。”

她跳下地，斜着脑袋看我，眼泪一层层地涌了出来，尖尖地挂在她的下巴上。

我眼巴巴的看着她，说：“你不要哭了。”

275.

雨果对朱丽叶特说：“我在忧愁时想你，就像在冬天想太阳；我在快乐时想你，就像在骄阳下想树荫。”

鲁迅对许广平说：“我是夜，夜是该有月亮的。”

沈从文对张兆和说：“我行过许多地方的桥，看过许多次数的云，喝过许多种类的酒，却只爱过一个正当最好年龄的人。”

276.

属于我们的话，在我心里，还没学会说出来。

所以我只能一次次对老T说：“你不要哭了。”

277.

她就转过头去，对着窗户哭，身子一缩一缩的。

窗外，这座超两千万人口的内陆城市，在老T的哭声中，安静得像条无人过渡的河。

老T再哭下去，北京就会在黎明前淹没。我像抱婴儿一样抱住她，她放肆挣扎，还把我的鼻子揪得像猫头鹰，我慢慢亲她，一直亲她，亲到她不挣扎也不揪鼻子，亲到她在我怀中安然入睡，发出均匀的呼吸声。

278.

落在我心里的眼泪到现在还没干。

不是故意的。

但这一次，我真的不想错过你的第一根白头发。

我会学着做你喜欢的事情，亲爱的。

279.

拼了一身拳打脚踢，我终于在北京精英了，如同炒股，慢慢从散户炒到了贵宾室。

但在老T面前，我绝口不提公司的任何事。

她也不问。

280.

老T很少提那几个名字了，我也忘得差不多了。

281.

参加完公司的酒会，我带老T游车河，从五环开始，一圈圈游，不知不觉游到了灯火辉煌的天安门，大概洒水车刚来过，空气中有股潮湿的味道。看着空旷安宁的广场，看着路上三三两两的游客，觉得如今这日子过得挺好的。老T对毛主席的画像说："毛爷爷，共产主义就要来啦！"

我绷了很久的神经彻底断了，一时揪心，又强忍着，屏住呼吸地忍着，忍住了表情忍不住泪水，把车开得一抖一抖的。

老T吓到了："李傻，你为什么要哭呢？"

我泪流满面："老T，我高兴啊，我真的很高兴啊，我好久没这么高兴过了。"

老T亲了我一口："我知道你是高兴。"

老T说："反正除开我，没人看得见你，你想哭就哭吧。"

收音机里传来沈庆极其压抑的《离别歌》，"你不愿见我在人群中落寞"，我失声痛哭。往事终究还是来了，终究还是从前方飞来了，迎着汽车大灯飞来了，穿过挡风玻璃，像子弹一样击中我的心脏。我一脚刹车，把车停住，伸手"啪"地把老T那边的车门打开了："滚！滚回你该去的地方去，你以为我是求你待在我身边吗？我告诉你，你错了！老T，你错了！我是个神经病，我经常发作，你不喜欢，你肯定不喜欢，OK，你现在滚吧，现在就滚吧！我们两清了！"

老T突然捋起我的衣袖，嘴里说着"不准反抗"，就使劲掐我，一边掐一边问我："痛不痛？"我嘴都歪了："有病啊你！"老T说："看来还不够。"说完，用尽她全身的力气继续往死里掐。痛得我夺臂而出，一把卡住老T的喉管："找死啊你！"

老T气喘吁吁地松开手，像只受惊的小松鼠那样闪到一旁。

老T问："现在不痛了吧？"我看了老T一眼，不吭声。

老T继续说："李傻，所有的过去都过去了，就像刚才我掐你的痛苦一样，都过去了。你不要再记着了。你看，我们现在很幸福。"

282.

我带老T去了长沙。

依然长沙站。

依然在准点报时后播放《东方红》。

依然纸屑飞扬依然果皮遍地，依然有人在卖报纸依然有人在乞讨，依然有人在“长沙”二字下等着另外的人从远方赶来现身。

车窗外，依然是湿冷阴霾的冬天，依然是云雾缭绕的岳麓山，湘江依然不动声色地北去，一万年前就已如此，一万年后也不会变。

283.

我也带老T回了家。

妈妈很满意老T，老T也乖，还没过门就“妈妈妈妈”地喊得让我嫉妒。

和我有历史隔阂的，开口就号称操我妈的，还和我打过架的老子，此刻鸡婆得很，把我拽到一边，神神秘秘地问我老T到底怎样，我想了想，说：“爽。”老爷子没听明白：“么子啊？”我说：“爽。”老爷子笑得鬼头鬼脑，他像兄弟一样，非要拉着我喝两盅，还破天荒地递了根烟给我，我受宠若惊，连连作揖。

我听见厨房里，妈妈还在把她的多年前的新发现唠叨给老T听：“一下子，毛伦就这么高了，这么大了，胡子都长出来了，走到外面还真是个大人了，唉，真是想不到啊。当初，一个斗笠大的小毛伦，怎么就长成大人了，唉，想不到啊想不到。”

“毛伦”是我们那里的大众昵称，有个外省同事问我，“毛伦”当作何翻译？我告诉他，“毛伦”可以翻译成“最最亲爱的宝贝”。

从出生到现在，妈妈一直这样喊我，在公共场合上也不例外。我跟她提过几次意见，在外面的时候，能不能别这样喊我？

妈妈说：“我自己的儿子，我爱怎么喊就怎么喊，别人管不着。”

284.

老T说新好男人是这个样子的：白天当如自私版大禹，晚上当如专一版西门庆，不是西装笔挺斗死在办公桌上就是肉搏相见战死在床上，奋不顾身，一往无前，哪怕倒下了，手还要指着大海的方向。

下班后很有情调地买买菜，回家后很有情调地做做饭，工作要拼，房子要买，车子要换，老婆要操，孩子要造，两岸要统一，民族要复兴，国家要赶美超英，总之，二十一世纪就靠我了。

老T边嚼泡泡糖边提醒我，进口奶粉可真贵，一桶就要千把块，“老公，我们要做好思想准备哦。”

老T边嗑瓜子边教导我，她同学的未婚夫送了她同学一辆米色的甲壳虫，“老公，我们要加油哦。”

老T边学布艺边告诉我，马尔代夫真浪漫真适合度蜜月，“老公，我们要抓紧哦。”

老T边贴黄瓜边通知我，房价又跌了一点，“老公，我们要随时抄底哦。”

285.

我举着锅铲，雄赳赳地从厨房走出来：“不知前阵子，电视里报道过的，动物园的那头母狮子配种配好了没？”

老T说：“关你什么事？”

我说：“要是没配好的话，你给动物园打个电话，让我去捣鼓捣鼓，要是母狮怀孕了，就不用到非洲请雄狮了，就把那几十万配种费给我们好了。老T，这不算出轨吧？”

老T说：“李傻，你还有这本事？”

我认真估量了一下自己的火力：“只要报酬足够高，我可以考虑让地球怀孕。”

老T也忙，忙着联系工作，忙着美容，忙着在宜家淘小玩意，忙着给我挑选合适的平角内裤，忙着和她那帮姐妹交流驭夫术，忙着自顾自地傻笑。

很世俗，也很幸福。

在一座繁华城市的某个角落里，有盏暗红的灯，有张大红的沙发，盘腿坐着两个安静的人。

286.

现在，我像每一个正常的人一样，每晚 12：00 准时去洗浴室。

左手夹着抽了一半的烟，右手提起装刮胡啫喱的瓶子，摇了几摇，往脸上喷了半脸泡沫，用手指抹匀，又靠着墙壁，继续吞云吐雾。长长地抽完最后一口，把烟头扔进马桶，开始对着镜子将软化了的胡子刮干净。取出牙刷，挤上牙膏，开始刷牙。刷完牙，脱掉裤子拧开莲蓬头冲澡。一刻钟后，裹着浴巾走进卧室，把被子摊开，把枕头摆好，关了灯，伸个懒腰。

我沉沉睡去，就像睡在一条河里。